Friederun Reichenstetter

Was geschah
mit Frau Grün?

D1734214

Ueberreuter

Die Deutsche Bibliothek – CIP-Einheitsaufnahme

Reichenstetter, Friederun:
Was geschah mit Frau Grün? / Friederun
Reichenstetter – Wien: Ueberreuter, 1996
ISBN 3-8000-2462-4

J 2232/1
Alle Urheberrechte, insbesondere das Recht der Vervielfältigung,
Verbreitung und öffentlichen Wiedergabe in jeder Form,
einschließlich einer Verwertung in elektronischen Medien,
der reprografischen Vervielfältigung, einer digitalen Verbreitung
und der Aufnahme in Datenbanken, ausdrücklich vorbehalten.
Umschlag von Markus Humbach
Copyright © 1996 by Verlag Carl Ueberreuter, Wien
Printed in Austria
1 3 5 7 6 4 2

1

»Eine normale Katze«, sagte meine Mutter traurig, »würde sich bei uns gar nicht wohl fühlen«. Und sie betrachtete unsere verrückte Katze, die immer im Kreis herumging, als ob sie in einem Käfig säße. Aber so verrückt sie auch war, hatte sie doch eine schneeweiße Fellbrust und die Stimme eines bengalischen Tigers.

Mutter hatte recht. Etwas Normales gab es eigentlich damals, als die Katze ins Haus kam, kaum mehr bei uns. Diese Zeit ist aber zum Glück schon längst vorbei.

Jetzt ist unsere Katze alt, und manchmal geht sie sogar geradeaus. Auch der Hase, der oben auf dem Balkon residiert, pinkelt nur noch selten auf unseren Frühstückstisch im Garten. Und mein Hamster, Pummel der Letzte, der alles wieder zerstörte, was endlich renoviert und repariert war, hat schon lang das Zeitliche gesegnet. Selbst Mutters gellender Ruf »Weg mit dem Müll!«, wenn etwas im Hausflur stand, ertönt nicht mehr.

Wenn Mutter »Weg mit dem Müll!« brüllte, kam mir immer Tante Betsy aus David Copperfield in den Sinn. Ihr Kriegsgeheul »Esel« muß ähnlich geklungen haben. Bei ihr ertönte es, wenn sich ein Esel auf dem geheiligten Rasenfleck vor dem Eingang tummelte. Die Empörung meiner Mutter galt keinem Esel, sondern allen, die es wagten, etwas vor unserer Wohnungstür im Treppenhaus zu deponieren.

Wütend machte Mutter auch der Dachboden, hundertfünfzig Quadratmeter, die lange Zeit mit Gerümpel so vollgestopft waren, daß es einer Stecknadel schwergefallen wäre, noch ein Plätzchen für sich zu ergattern. Mutter hatte höllisch Angst, daß eines Tages irgendein Kurzschluß den ganzen Dachboden samt Inhalt in Flammen aufgehen lassen würde. Deshalb wanderte sie Nacht für Nacht hinauf, um eventuelle Schwelbrände aufzustöbern. Mit ihrer Befürchtung stand sie allerdings nicht allein da. Ganz entschieden wurde sie darin von unserem Schornsteinfeger unterstützt, der den lagernden Sperrmüll unterm Dach auch für eine ernste Bedrohung hielt. Wenn er vom Schlotputzen zurückkam, sagte er jedesmal: »Der Himmel bewahre Sie vor einem Funken!« Inzwischen ist der Dachboden geräumt und wird gerade ausgebaut. Bald werde ich dort oben in einen der neuen Räume einziehen.

Seit ich mich erinnern kann, wohnen wir in alten und ein bißchen muffigen Häusern. Jeden Morgen spazierten ganze Kellerassel-Familien die Treppe hinauf. In dem jetzigen Haus, das meine Eltern dann sogar kauften, war es anfangs nicht viel besser. Mutter kann Kellerasseln nicht besonders leiden. Sie kehrte sie tagtäglich zusammen und trug sie in den Garten. Als aber eines Tages ein paar dieser Tierchen sogar in ihrem Bett lagen, wurde sie so sauer, daß sie sie in den Mülleimer warf. Vater holte sie wieder heraus mit den Worten: »Du solltest Ehrfurcht vor ihnen haben. Schon vor Millionen Jahren haben sie so ausgesehen. Sie gehören zu den letzten Urtieren.« Vater ist Biologe, der Grund, warum er die absonderlichsten Geschöpfe liebt.

Früher habe ich mir oft gewünscht, auch einmal in einem neuen Haus mit stabilen Wänden zu wohnen, in dem sich zum Beispiel das Dübel-in-die-Wand-Bohren nicht gleich zur Katastrophe auswächst. Bei uns war das Dübeln eine Sache von mehreren Stunden, weil durch die Erschütterung der ohnehin brüchige Putz von der Wand fiel. Mörtelpartikelchen bedeckten Boden und Möbel, und Staub flog durch die Luft. Das Zuspachteln dieser

Steinbrüche – wie Mutter die Löcher nannte – nahm viel Zeit in Anspruch. Man brauchte zuerst einmal Mörtel, den man holen, anrühren und verarbeiten mußte. Dann kam das Streichen und zum Schluß das Saubermachen. An der Beschaffenheit der Wände hat sich wenig geändert. Verändert hat sich nur unser Verhalten ihnen gegenüber. Wir lassen sie jetzt meistens in Ruhe.

Inzwischen hat sich aber, wie schon gesagt, vieles normalisiert. Und wenn sich der Hase, was nur noch selten vorkommt, auf dem Balkon schlecht benimmt, murrt Vater nur leise: »Wegen dieses Balkons haben wir uns fast die Köpfe eingeschlagen. Und jetzt sitzt Meister Langohr darauf!« Na ja, das sind aber Kleinigkeiten im Vergleich zu all dem anderen.

Lang träumte mein Vater von einem eigenen Haus. Nicht, weil er eines besitzen wollte, sondern weil er es sich einfach schön vorstellte, ein altes Haus vor dem Verfall zu retten, viel schöner als ein Stück unverbaute Natur zu verschandeln.

»Ich würde schöne alte Häuser gern bewahren *lassen*«, erklärte Mutter, »aber selbst bewahren – das geht über meine Kraft.« Als dann aber das schon etwas hinfällige und seit längerem unbewohnte Gebäude neben uns verkauft wurde, ließ sich Mutter doch überreden. Meine Eltern erstanden die untere Hälfte des Hauses, und Anne und Olli Ostermeier, gute Freunde, die obere. Olli – das kurz zur Information – ist über alles, was in unserer Stadt geschieht, gut informiert, denn er arbeitet als Journalist für die Lokalredaktion unserer Tageszeitung. Anne, seine Frau, ist Grafikerin, und wenn sie nicht gerade ihre Brötchen in einer Werbeagentur verdient, kocht sie die leckersten Gerichte oder ist unterwegs, um Sperrmüllmöbel aufzustöbern.

Rein äußerlich gibt es kaum verschiedenere Paare als meine Eltern und Anne und Olli. Meine Eltern sind groß, schlank, fast schon asketisch hager, wogegen Anne und Olli klein und wohlgenährt sind. Letztere ergötzen sich am liebsten an den Köstlichkeiten, die Anne backt und brät, während sich meine Eltern eher an überwältigenden Landschaften oder großartigen Bauwerken berauschen.

Die Freundschaft der vier ist übrigens uralt. Sie entstand im 68er-Jahr, von dem sie alle nach wie vor schwärmen. »Damals«, so sagt Mutter immer wieder, »war das Leben wie Sekt – aufregend und prickelnd. Und voller Perspektiven. Wir dachten, wir könnten die Welt aus den Angeln heben, wir könnten sie wirklich verändern, gerechter machen, lebenswerter, gesünder. Aber das war ein Trugschluß. Gesiegt hat auf der ganzen Linie der Materialismus. Geld rein, Geist raus. Ideale gibt es keine mehr. Was zählt, ist der nackte Profit. So kann es mit der Welt doch nur noch bergab gehen.«

In der guten alten 68er-Zeit waren meine Eltern noch furchtbar jung. Zusammen mit Olli und Anne besuchten sie das gleiche Gymnasium. Jede freie Minute, so erzählten sie, hätten sie diskutiert, demonstriert und sich überall eingemischt. Bis vor kurzem fand ich das alles ziemlich übertrieben, jetzt aber denke ich anders darüber. Genauer gesagt seit dem Tod von Frau Grün. Vieles fällt mir plötzlich auf, was ich früher gar nicht wahrgenommen habe, unter anderem, daß sich in letzter Zeit Schicki-Mikki-Typen wie die Karnickel vermehren. Langsam gehen die mir echt auf den Geist. Ich habe das Gefühl, bei denen schlägt statt einem Herzen nur noch die Brieftasche unter dem Armani-T-Shirt.

Aber zurück zu unserer »Bruchvilla«, wie Mutter das alte Haus nannte. Ihre Bedenken, daß das Renovieren die

Kräfte der Hausgemeinschaft übersteigen könnte, bewahrheiteten sich voll und ganz. Das Haus war in einem dermaßen trostlosen Zustand, daß das Herumwerkeln nicht mehr aufhörte. Zum Schluß hatte sogar Vater die Schnauze so voll davon, daß er nicht einmal mehr einen ärmlichen Nagel in die Wand schlug – nicht einmal in eine neu hochgezogene. Das besorgte dann Mutter, die die Nägel aber grundsätzlich schief in die Wand klopfte, was sie dennoch nicht davon abhielt, Bilder daran aufzuhängen. Meistens blieben sie da nicht lang. Oft fielen sie mitten in der Nacht herunter. Und wenn wieder einmal eines zu Bruch gegangen war, bemerkte Vater: »Schon wieder ging ein Stück dahin, Rose. Es wird noch leerer in der Wohnung, so, wie du dir das immer gewünscht hast.«

Mutter wünschte sich aber noch ganz andere Dinge. Zum Beispiel Türschwellen. Die wünschte sie sich sogar zu Weihnachten. Denn obgleich wir damals schon einige Jahre in der »Bruchvilla« hausten, gab es doch weit und breit keine Türschwellen. Da, wo welche sein hätten sollen, klafften tiefe Spalten, in die wir anfangs oft hineintraten und dann übel auf die Nase fielen. Auch unsere Gäste lagen ziemlich oft platt, obgleich Mutter ihnen immerzu hinterherrief: »Vorsicht, nichtvorhandene Schwelle!« Sie rief es fast ebensooft wie »Weg mit dem Müll!« oder wie später: »Vorsicht, Stufe!«

Die Stufe lief mitten durch unser Wohnzimmer. In allen anderen Zimmern gab es nach jahrelangem Renovieren einen neuen Boden, nur dort nicht, weil es bis zuletzt als Werkstatt gedient hatte. Als das Wohnzimmer dann endlich geräumt war, fand man unter dem alten Linoleum schöne Dielen, doch die lagen zehn Zentimeter tiefer als die übrigen Böden, die – gut isoliert – an Höhe gewonnen hatten. Diese Dielen einfach unter neuen verschwinden zu

9

lassen tat meinen Eltern leid, und so entstand ein kleiner Absatz, der meiner Mutter fast ebensoviel Nerven kostete wie die drohende Brandgefahr auf dem Dachboden. Auf dem höher gelegenen Teil des Wohnzimmers, dem Eßzimmer zu, stand nämlich ein kleiner Ofen, der oft angeschürt werden mußte, denn unsere alte Heizung schaffte in den Räumen selten mehr als 16 Grad. Deshalb erschienen im Winter viele unserer Gäste mit Mützen und Schals und legten diese auch nicht ab, es sei denn, der kleine Ofen verströmte Wärme. So gemütlich dieser Ofen einerseits war, so bedrohlich war er andererseits für diejenigen, die über die Stufe stolperten. Einen unserer Gäste das glühende Gußeisen im Sturzflug umarmen zu sehen war ein neues Schreckgespenst für Mutter.

Darüber hinaus gab es auch bald kein Geld mehr, weil die »Bruchvilla uns finanziell ausgezehrt hat«, wie Mutter das ausdrückte. Die Finanzen reichten vorn und hinten nicht, weil jede Umbaumaßnahme zehn weitere nach sich zog.

Vom Kauf bis zum Einzug war für nötige Sanierungsarbeiten ein halbes Jahr vorgesehen. Und danach zogen wir auch tatsächlich ein. Doch herrschte dort noch das »Chaos totale«. Mein Zimmer war das einzig fertige, der Grund, weshalb ich mich trotz allem in diesem neuen alten Haus sofort gut eingelebt habe.

Die nichtvorhandenen Türschwellen waren aber das geringste Problem. Wirklich schwierig war, daß es weder ein Bad, geschweige denn eine Küche gab. Um ehrlich zu sein, gab es eigentlich außer meinem Zimmer nichts wirklich Bewohnbares. Mutter sah das auch so. Vater weniger. Er fand, daß außer den Türen, der Heizung, der Küche, dem Bad, der Lampen und der Böden kaum mehr etwas fehlte.

Bald nach uns zogen Olli und Anne mit ihrem Hasen ein. Schon am Umzugstag zeigte sich, wie völlig verschieden ihre Bedürfnisse von denen meiner Eltern waren.

Damals besaßen wir noch weniger als jetzt, deshalb war unser Umzug auch in kürzester Zeit erledigt. Unsere paar Habseligkeiten verschwanden geradezu in den großen Räumen.

»In diesem Haus ist wirklich Luft zum Atmen!« – Mutter blickte glücklich und zufrieden um sich. »Hoffentlich bleibt es so!«

Es blieb nicht so.

Voller Argwohn betrachtete sie den gewaltigen Möbelwagen, den Olli und Anne gemietet hatten. Als er das erste Mal vor dem Haus hielt, murmelte sie: »Daß die beiden so viel Zeug besitzen, wußte ich gar nicht. Die scheinen eine Menge ausgelagert zu haben. Anders kann ich mir das gar nicht vorstellen.« Als der Möbelwagen zum zweiten Mal hielt, sagte Mutter: »Wo wollen die das alles denn unterbringen? Die müssen ja die Schränke übereinanderstapeln.« Als der Wagen zum dritten Mal vollbeladen vorfuhr, war sie außer sich. Sie trauerte um den ehemals schönen leeren Dachboden, auf dem sie sich eine Tischtennisplatte und eine Schaukel vorgestellt hatte. Als sich der Umzugswagen zum vierten Mal näherte, verzog sich Mutter wie ein waidwundes Reh in mein Zimmer, dem einzigen mit Tür, und schluchzte.

Alles, aber auch alles im Haus und um das Haus herum war vollgestellt: Der Dachboden, das große schöne Treppenhaus, der Keller, der Hof, die Garage. Und so blieb es auch. Nur der Vorplatz vor unserer Wohnung blieb es nicht. Um diese wenigen Quadratmeter kämpfte Mutter wie eine Löwin. »Weg mit dem Müll!« rief sie empört, egal was darauf landete. Ein Haus, fand Mutter, war einfach

11

nur schön, wenn wenig darin herumstand, wogegen Olli und Anne es nur schön fanden, wenn sie darin endlich einmal Platz zum Sammeln hatten. Nicht so festgelegt war Vater, und er hielt sich deshalb auch soweit wie möglich aus den Streitereien heraus.

2

Neben unserer »Bruchvilla« steht ein womöglich noch windschieferes Haus. Darin wohnt Uta, auch eine Freundin meiner Eltern aus alten Zeiten, mit ihren beiden Kindern Isabelle und Daniel. Isabelle ist meine beste Freundin. Ihren um fast zwei Jahre älteren Bruder konnte ich früher überhaupt nicht leiden. Ich fand ihn entsetzlich herablassend. Mutter sah das anders. »Wie man in den Wald hineinruft, so hallt's zurück«, sagte sie vorwurfsvoll, wenn ich mich über ihn beschwerte. »Wieso soll er nett zu dir sein, wo du so unglaublich muffig zu ihm bist.«

Wahrscheinlich hatte Mutter recht, aber sie war nicht unschuldig an meiner Abneigung. Immer wieder hielt sie mir Daniel als leuchtendes Beispiel vor – und wer hat sowas schon gern? Daniel war nicht nur gut in der Schule. Er war auch gut im Sport, er interessierte sich für Kunst und Lyrik und weiß der Geier was noch alles, und Mutter ließ oft durchblicken, daß sie nichts dagegen hätte, wenn ich ihm nacheifern würde.

Obwohl sich Isabelle und Daniel rein äußerlich ziemlich ähnlich sehen – beide groß und dunkelhaarig –, ist Isabelle völlig anders als ihr Bruder. Er ist ruhig und denkt gründlich nach, bevor er etwas sagt. Isabelle dagegen ist spontan, schnell und manchmal etwas unüberlegt. Auch sie ist gut in der Schule, was ich von mir nicht behaupten kann. Vielleicht ändert sich das noch. Mein Verhältnis zu Daniel hat sich bereits geändert. Wir verstehen uns jetzt wunderbar.

Als wir in das jetzige Haus zogen, war ich erst zehn Jahre alt, und mein Zimmer war im Erdgeschoß neben dem meiner Eltern. Später, als ich älter wurde, schlief ich manchmal in der kleinen Kammer auf dem Dachboden, obwohl Mutter aus den bereits genannten Gründen höllisch Angst um mich hatte. Aber dort oben zu sein hatte den Vorteil, daß ich mitten in der Nacht mit Isabelle Kontakt aufnehmen konnte. Ihr Zimmer befand sich, nur durch den Hof getrennt, ebenfalls im Dachjuche, und wir hatten mit Müh und Not – und mit der Hilfe meines Vaters – von Haus zu Haus einen Draht in luftiger Höhe gespannt, an dem wir ein kleines Körbchen mit Nachrichten hin und her ziehen konnten. Diese Postübermittlung machte absolut keinen Lärm im Gegensatz zum Aus-dem-Fenster-Brüllen, was uns strikt verboten worden war. Zwar sahen unsere Mütter diese »Gondelpost« nicht besonders gern, weil sie fanden, die Nacht sei zum Schlafen da, vor allem in unserem jugendlichen Alter. Isabelle und ich waren da völlig anderer Meinung. Zum Glück. Denn hätten wir nachts nur geschlafen, wäre nach dem Tod von Frau Grün nie etwas ans Licht gekommen.

Tagsüber schrieben Isabelle und ich uns natürlich keine Briefe. Wenn ich nach Haus kam, war mein erster Gang zur Küchentreppe hinten im Garten. Von da aus rief ich »Iiisaabeeelle«. Oder wenn Isabelle vor mir daheim war, schrie sie »Luciiii«. Gemeinsam beklagten wir dann die schulischen und sonstigen Katastrophen, die uns heimgesucht hatten. Isabelle ist in einer anderen Schule als ich, und sie ist auch eine Klasse weiter.

Mit dem Einzug von Olli und Anne begannen Mutters nächtliche Wanderungen auf dem Dachboden. In ihrer Phantasie verwandelte sich der Sperrmüll dort oben in ein glühendes Inferno. Für Isabelle und mich hingegen wurde er zum wirklichen Eldorado, denn es gab dort so ziemlich alles, was das Herz begehrte: mehrere alte Herde mit Messingbeschlägen, drei Küchenbuffets, jede Menge

14

Kochutensilien wie Schöpflöffel und Töpfe, Tonkrüge, wunderliche irdene Gugelhupf- und Auflaufformen, Küchenwaagen und Fleischwölfe von ihren Anfängen bis zur Gegenwart, Spankörbe und bestickte Einkaufstaschen – alles aufzuzählen würde ein Buch locker füllen. Anne möchte mit diesen Dingen irgendwann einmal eine Ausstellung unter dem Motto »Wie Urgroßmutter kochte« machen.

Aber auch Sessel mit verblichenen und mottenzerfressenen Plüschüberzügen gaben sich auf dem Dachboden im wahrsten Sinn des Wortes ihr Stelldichein neben Schreibtischen, Schränken, Truhen, mehreren Vitrinen und einem zierlichen, wurmzerfressenen Sekretär, der lediglich noch durch seine schwarze Lackierung zusammengehalten wurde. Des weiteren konnte man bei uns pompöse Ehebetten bewundern, eine Chaiselongue, zwei abgebaute, aber nicht mehr komplette Kachelöfen, Teppiche, viele Koffer mit Kleidern aus Urgroßmutters Zeiten bis zu den flotten 70er Jahren, Berge von alten Zeitschriften, Büchern, Schallplatten, Spielen, Brettern und Steinen, eine Postersammlung mit Riesenportraits von Elvis Presley, den Beatles, Rolling Stones, Marilyn Monroe und so weiter und so fort.

Alle diese Sachen hatte Anne aus Sperrmüllsammlungen, Hausratsauflösungen und Abbruchhäusern gezogen. Vater, der selbst einen Hang zum Sammeln hat, diesen aber bei Mutter nie so recht ausleben kann, stand Annes Leidenschaft ziemlich gelassen gegenüber, vielleicht beneidete er sie sogar ein bißchen darum. Später frönte er ihr dann selbst ausschweifend mit seiner gewaltigen Ansammlung von Topfplanzen, die er Mutter geschickt und auf sehr subtile Art und Weise unterjubelte.

Zu der Zeit, als in unserer Wohnung noch alles tür- und

15

schwellenlos war und mehr Werkzeuge herumlagen als Möbel herumstanden, kam Vater eines Tages mit einigen kleinen Behältern und einem Sack Blumenerde nach Hause. Mutter, die Topfpflanzen nicht besonders leiden kann und mit Vater eine Vereinbarung getroffen hatte, Pflanzen nur im Garten zu ziehen, fragte argwöhnisch nach dem Sinn und Zweck dieser Einkäufe.

»Ich will nur etwas ausprobieren«, antwortete Vater. »Keine Angst. Das gibt nur ein kleines und zeitlich begrenztes Experiment.«

Vater hing damals die Bauerei schon zum Hals heraus, doch gab er es sich selbst gegenüber noch nicht zu. Jedenfalls rührte er Werkzeuge wie Hammer und Meißel nur noch unwillig an, stürzte sich aber statt dessen auf jede Art von Gartengeräten. Dann begann er, die Kerne der von uns verspeisten tropischen Früchte zu sammeln. Liebevoll wurden sie auf Klopapier gebettet und getrocknet. Das Klopapier lag überall zwischen den Farbkübeln, Spachteln und Pinseln herum. Malerisch darauf verteilt waren die zukünftigen Orangen-, Mango-, Pampelmusen- und Zitronenbäumchen. In Marmeladengläsern steckten Avocadokerne auf Streichholzstelzen, zahlreiche anfangs nackte Blumentöpfe zierten nicht nur die eilends dafür eingebauten Fensterbänke, sondern bald auch die noch nicht ausgepackten Kisten (damals hatten wir noch keinen einzigen Schrank!) und schließlich sogar das kachellose Bad und die Küche, in der bisher nur ein Campingkocher stand. Vater schreckte nicht einmal davor zurück, Blumentöpfe auf dem Vorplatz zu deponieren, allerdings erst dann, als die ersten grünen Spitzen aus der Erde hervorlugten.

Die ganze Sache war meiner Mutter zwar höchst zuwider, aber mein Vater war kaum zu bremsen.

16

»Weißt du, ich will wirklich nur sehen, ob ich es schaffe, aus diesen Kernen Pflanzen zu ziehen«, beruhigte er sie. »Mehr nicht. Dann nichts wie auf den Kompost mit ihnen.«

Vielleicht glaubte Vater wirklich an das, was er sagte. Aber er, der keiner Fliege etwas zuleide tut – wie hätte er eine lebende Pflanze ins Jenseits befördern können? Auf jeden Fall war er mit seinen Züchtungen erfolgreich. Aus allen Gläsern, Töpfen, mittlerweile auch Schüsseln und Holzbehältern, die er flugs geschreinert hatte, keimten, rankten, kletterten und grünten Pflanzen. Sie keimten einzeln, in Paaren, in Legionen. Der Platz in der Wohnung wurde täglich knapper. Fußfallen waren jetzt nicht nur die klaffenden Spalten zwischen den Zimmern, über die eines Tages die Schwellen kommen sollten, sondern neben den herumliegenden Werkzeugen auch die zahlreichen Blumenbehälter.

»Geduld, Geduld«, sagte Vater beschwichtigend, wenn Mutter sich beklagte. »Wenn der Sommer da ist, kommen die Pflanzen alle in den Garten. Im Herbst sind sie dann sowieso nicht mehr da.«

Die Pflanzen wuchsen, gediehen und blühten. Selbst der Mißmut meiner Mutter schreckte sie nicht – im Gegenteil! Im Herbst waren sie munterer denn je. Die schönsten von ihnen schleppte Vater in die Zimmer, wo sie die weiteren Ausbauarbeiten behinderten. Andere stellte er ins Treppenhaus, das schon durch Ollis und Annes Möbel kaum begehbar war. Die Blumentöpfe machten das Treppensteigen endgültig zum gefährlichen Hindernislauf.

Aber auch die mickrigsten Pflanzen durften weiterleben. Mit den tröstenden Worten: »Ist ja gut, im Frühling seid ihr alle wieder dabei«, wurden sie von Vater gestutzt und dann auf die letzten freien Eckchen unseres Kellers verteilt.

Einige Jahre sind seit Vaters ersten Züchtungen ins Land gegangen. Irgendwie hat sich auch Mutter mit den Blumen arrangiert, selbst damit, daß wir deswegen schon seit Jahren auf einen Christbaum verzichten müssen, weil noch mehr Grünzeug in der Wohnung gar nicht möglich wäre. Aber wir sind flexibel. An Weihnachten hängen wir die Äpfel, die goldenen Sterne und die silbernen Kugeln an unseren inzwischen drei Meter hohen Avocadobaum.

Ich habe unser Haus mitsamt seinen Bewohnern deshalb so ausführlich beschrieben, weil es eng mit der Geschichte verbunden ist, die sich seinerzeit zugetragen hat. Wäre es bei uns weniger chaotisch zugegangen, wäre nicht soviel herumgestanden und herumgelegen, wäre ich heute kaum mehr am Leben.

3

Der Tag, an dem die Katastrophe sich anbahnte, deren Tragweite wir aber nicht im entferntesten ahnten, war der wärmste Maitag seit Menschengedenken. Schon vormittags kletterten die Temperaturen auf über 25 Grad.

»Endlich wird meine Hypophyse wieder ordentlich aktiviert«, verkündete Vater beim Frühstück. »Auch die Pflanzen kommen heute alle in den Garten. Die werden sich freuen!«

»Um diese Jahreszeit sind derartige Temperaturen völlig ungesund«, entgegnete Mutter. »Bei diesem Föhn wird ganz anderes aktiviert und bestimmt nichts Gutes!«

Sie sollte recht behalten. Nicht nur draußen wurde die Luft im Lauf des Vormittags stickig-schwül, auch bei uns daheim war sie ziemlich dick. Als ich von der Schule heimkam, hörte ich schon an der Gartentür Mutter erbittert rufen: »Was macht denn dieser Schrank auf unserem Vorplatz? Habt ihr nicht schon Dutzende auf dem Dachboden? Der hier hat ja nicht einmal eine Tür!«

Anne brüllte von oben herunter: »Mein Gott, das wird ein Regal! Dazu braucht man keine Tür.« Und als Mutter schon wieder in der Wohnung verschwunden war, hörte ich Anne murren: »Also wirklich! Das ist ja nicht zum Aushalten.«

Aber auch Mutter hatte sich noch nicht beruhigt. Kaum hatte ich die Tür hinter mir zugezogen, da sagte sie: »Jedem, aber auch wirklich jedem würde ich abraten, zusammen mit Freunden in ein Haus zu ziehen. Eine Ehe ist schon kompliziert genug, aber nichts im Vergleich dazu. Nie hätte ich mir träumen lassen, daß das dermaßen schiefgehen kann. Wenn Annes Sammelwut nicht bald aufhört, ziehe ich aus. Obwohl es mir jetzt schon schwerfiele. Langsam fühle ich mich fast daheim hier. Und wenn dann noch der Kirschbaum drüben in Frau Grüns Garten wieder blüht –«

Wenn der Kirschbaum im Garten gegenüber blühte, war er so schön, daß viele Leute stehenblieben, um ihn zu bewundern. Es schien, als ob eine leichte, weiße, duftende Wolke vom Himmel herabgeschwebt und sich geradewegs auf die Zweige gelegt hätte. Und im Sommer, wenn die Kirschen reif wurden, war es, um mit der alten Frau Grün zu sprechen, als wenn Rubine darin glühten.

Die alte Frau Grün liebte ihren Garten. »Wenn ich nicht mehr bin, wird doch mein Garten noch sein«, hatte sie einmal zu Vater gesagt. Dieser Satz fiel ihm wieder ein, als er und Olli den Kirschbaum am Spätnachmittag dieses warmen Tages betrachteten.

»Wenn sie sich da nur nicht irrt«, bemerkte Olli. »Bevor sie im Grab kalt ist, wird der Garten mitsamt ihrem Häuschen verkauft und die Bäume werden abrasiert. Ein scheußlicher Klotz wird hinkommen – Garten ade!«

»Aber Olli«, widersprach Vater, »so einfach ist es auch nicht. Auf dem Grundstück stehen einige alte Bäume, die nicht gefällt werden dürfen. Sicher werden die Behörden ein Auge darauf haben. Mehr als ein Zweifamilienhaus kann da nicht genehmigt werden. Das ist unmöglich.«

»Unmöglich?« Olli lachte bitter. »Wozu gibt es Geld? Was glaubst du denn, Max, was in unserer Stadt täglich passiert?«

»Olli hat recht«, stimmte ihm Mutter zu. »Seit drei Jahren versucht Herr Faber, der da weiter vorn wohnt, sein Wohnzimmer in den Garten hinein zu vergrößern. Das wird von der Baubehörde abgelehnt. Warum? Weil er nicht besticht. Darum.«

»Also Rose, deine Verallgemeinerungen sind schrecklich«, entgegnete Vater. »Du wirst doch nicht behaupten, daß unsere gesamte Baubehörde bestechlich ist. Ich bitte dich!«

»Genau das behaupte ich! Du brauchst doch nur in die Zeitung zu schauen. Vergeht denn ein Tag, an dem nicht von Korruption die Rede ist? Korruption vor allem bei der Vergabe von Aufträgen, sei es nun bei Heizkraftwerken, Autobahnen, Liftanlagen, öffentlichen Gebäuden, normalen Bauvorhaben – ach, ich mag gar nicht darüber reden.«

»Dann laß es lieber bleiben. Sonst bekommst du eines Tages noch eine Verleumdungsklage an den Hals, das sage ich dir.« Vater zog sich in den hinteren Teil des Gartens zurück. Dort sondierte er das Terrain für einen Teich.

»Ihr tut so«, sagte ich vorwurfsvoll, »als ob Frau Grün schon tot wäre!«

»Immerhin ist sie schon ziemlich alt«, gab Olli zu bedenken.

Anne, die zu uns in den Garten gekommen war und nur die letzten beiden Sätze mitbekommen hatte, fragte: »Was ist mit Frau Grün?«

»Sie lebt«, antwortete Mutter.

»Dann ist ja alles in bester Ordnung, meine Liebe.« Doch Annes Ton strafte ihre Worte Lügen. Ganz eindeutig war sie wegen des Schranks noch immer sauer.

Vermutlich um das Gespräch zu entschärfen, fragte Olli, ob schon jemand von uns einmal Frau Grüns Sohn zu Gesicht bekommen habe. »Sie spricht kaum über ihn«, sagte er. »Angeblich soll er sich in Amerika aufhalten. Einmal gab sie mir eine recht ausweichende Antwort, als ich fragte, in welchem Bundesstaat er lebt.«

»Vielleicht hat er keinen festen Wohnsitz«, sagte Anne. »Und Frau Grün ist es peinlich, darüber zu reden.«

»Diese Tatsache allein muß ihn nicht gleich zu einem Outcast machen«, bemerkte Mutter spitz.

»Das behauptet auch niemand«, entgegnete Anne.

Immerhin redeten sie wieder miteinander. Das stimmte mich hoffnungsvoll. Ausziehen wollte ich nämlich keinesfalls!

»Warum ist denn Frau Grün heute gar nicht in ihrem Garten?« Ich reckte den Hals und schaute über den Zaun. »Sonst werkelt sie doch bei jedem Sonnenstrahl draußen herum.«

»Vielleicht hat sie eine ihrer Migräne-Attacken«, meinte Mutter.

»Geht es um Frau Grün?« fragte Vater, der gerade wieder auftauchte.

Mutter nickte.

»Ich gehe nachher rüber«, versprach er. »Ich wollte sowieso den einen Zwetschkenbaum stützen. Der Winter ist ihm schlecht bekommen.«

»Ich gehe mit«, sagte ich. Vorher lief ich noch rasch zur Küchentreppe und brüllte: »Iiisaaabeeelle!« Sie kam sofort.

»In der Schule war es total bescheuert, du mußt mich aufbauen«, klagte ich. »In Mathe habe ich eine Fünf, obwohl ich doch wirklich gelernt habe. Es ist zum Verzweifeln. Und Mama und Anne haben wieder einmal gestritten. Mama sagt, sie zieht aus, wenn das so weitergeht. Aber was noch schlimmer ist: Olli meint, wenn die alte Frau Grün einmal stirbt, wird ihr Garten sofort und auf der Stelle dem Erboden gleichgemacht.«

»Und warum meint er das?«

»Damit auf dem Grundstück möglichst viel hingeklotzt

werden kann. Ist das nicht furchtbar? Kein Kirschbaum mehr – null!«

»Was wird dem Erdboden gleichgemacht?« Daniel streckte seine Rübe zum Fenster heraus.

So unfreundlich wie möglich wiederholte ich ihm Ollis Befürchtungen.

»In gewissem Sinne ist jeder Garten dem Erdboden gleich«, kam es spöttisch zurück. »Sonst wäre es keiner. Und was die Bauerei anbelangt, sind das doch bislang nur Vermutungen.« Mit diesen Worten zog er seine Rübe wieder ein.

»Daniel kann mich mal!« Ich war wütend.

»Mich auch.« Isabelle nickte zustimmend.

»Nachher muß ich dir was Aufregendes erzählen«, flüsterte ich. »Hier kann ich das nicht. Und jetzt gehe ich zuerst einmal mit Papa zu Frau Grün hinüber.«

»Ich komme mit.« Isabelle verschmähte die Gartentür und turnte statt dessen wie ein Eichhörnchen über den Zaun.

4

Zu dritt machten wir uns auf den Weg, das heißt, wir überquerten einfach die Straße und gingen auf der anderen Seite in Frau Grüns Garten hinein. Nichts rührte sich, als wir läuteten. Ich drückte auf die Klinke. Die Haustür war unverschlossen. Das Wohnzimmer stand offen. Erst beim zweiten Hinschauen entdeckten wir Frau Grün, die mit dem Rücken zu uns in ihrem großen Sessel saß.

»Frau Grün, entschuldigen Sie, daß wir eingebrochen sind.« Vater sagte das sehr behutsam. »Wir haben uns Sorgen um Sie gemacht, weil wir Sie auch gestern nicht im Garten gesehen haben. Geht es Ihnen nicht gut?«

Langsam wendete sie sich uns zu. Ganz eingefallen sah sie aus.

»Nein, mir geht es nicht gut«, antwortete sie. »Mein Herz macht mir Probleme. Gestern dachte ich, es bliebe stehen. Da war etwas, das –« Frau Grün hielt inne.

»Was war denn?« fragte ich. »Ein Alptraum? Oder ein Einbrecher?«

»Lucy, jetzt brems mal deine Phantasie ein bißchen«, ermahnte mich Vater.

»Nein, lassen Sie sie doch!« Frau Grün sah mich traurig an. »Wenn ich nur genau wüßte, was mich so erschreckt hat, Lucy. Ich weiß nicht einmal, ob ich geträumt habe oder wach war.« Sie starrte ins Leere, dann fuhr sie fort: »Mir war, als ob sich nachts eine Gestalt über mich gebeugt und gezischt hätte: ›Zeit, abzutreten!‹«

»Wie schrecklich!« Isabelle ging zu Frau Grün und legte ihr den Arm um die Schultern.

»Wenn es Sie beruhigt, Frau Grün, kann jemand von uns heute nacht bei Ihnen schlafen«, bot Vater an.

»Falls es Ihnen nicht zu viele Umstände macht, nehme ich Ihr Angebot gern an. Denn nur beim Gedanken an diesen schwarzen Traum bleibt mir schon jetzt fast wieder das Herz stehen.«

Am Abend ging Mutter, mit ihrem Schlafsack bewaffnet, zu Frau Grün hinüber. Vom Dachbodenzimmer aus sah ich sie in deren Garten marschieren. Sie drehte sich nochmals um, winkte und deutete auf ihre Uhr – eine Aufforderung für mich, nicht zu spät ins Bett zu gehen. Aber den Gefallen konnte ich ihr nicht tun, denn ich hatte mir in der Bibliothek das Buch »Feuer im Paradies« ausgeliehen, das so irrsinnig spannend war, daß ich es erst nach der letzten Seite zuklappte. Und da war Mitternacht auch schon vorbei.

Gerade als ich mein Licht ausmachen wollte, wurde es drüben in Isabelles Zimmer hell. Deshalb kritzelte ich noch rasch folgende kleine Notiz auf einen Zettel: »Ma chère, Du warst heute so schnell verschwunden, daß ich Dir die allergrößte Neuigkeit gar nicht mehr mitteilen konnte: Ich habe mich total in Rainer (Heller) verknallt, der so super Gitarre spielen kann. Das einzig nicht so Tolle an ihm sind seine großen Ohren. Aber man vergißt sie, wenn man ihm zuhört.«

»Ich war deshalb so schnell verschwunden, weil ich Klavierstunde hatte«, lautete Isabelles Antwort. »Anschließend mußte ich noch bei meiner Großmutter vorbeischauen und bin erst vorhin heimgekommen (Geburtstagsvorbereitungen, sie wird doch 60!). Ich gratuliere Dir zu Deiner Eroberung! Du hast recht. Wenn jemand gut Gitarre spielen kann, sind seine Ohren Nebensache. Lad Rainer doch zu der Party ein, die am Freitagabend bei uns in der Schule steigt. Vielleicht kann er mit seinen Jumbo-Ohren anfliegen.«

Das mit dem Anfliegen fand ich gemein. Das konnte ich nicht einfach so stehenlassen! »Die Bemerkung Rainers Ohren betreffend hättest Du Dir sparen können«, schrieb ich. »Über die Nase von Markus ließen sich auch ein paar Worte verlieren! Na ja, ich bin gutmütig. Dann bis morgen!«

Ich nahm den Zettel und legte ihn in den Beförderungskorb. Dabei beugte ich mich aus dem Fenster. Genau in diesem Moment fing die Straßenlaterne, die an Frau Grüns Zaun stand und schon vor längerer Zeit ihr Leben ausgehaucht zu haben schien, wieder zu leuchten an. Ihr Licht fiel auf den Kirschbaum, und seine Blüten schimmerten so traumhaft, daß ich nicht mehr wegsehen konnte.

Und da sah ich *ihn* zum ersten Mal. Er löste sich vom Stamm des Kirschbaums und lief schnell und geschmeidig wie eine Katze in den dunklen hinteren Teil von Frau Grüns Garten. Die Gestalt war groß und hatte eigentümlich aufreizende O-Beine. Obgleich ich den Menschen wohl kaum mehr als eine Sekunde gesehen hatte, hätte ich ihn jederzeit an seinem Gang wiedererkannt.

»Der Alptraum von Frau Grün!« schoß es mir durch den Kopf, und dann dachte ich an Mama. Die Treppe hinunterstürzen und die Schlafzimmertür aufreißen war eins. »Einbrecher bei Mama und Frau Grün!« plärrte ich.

Wie ein geölter Blitz schoß Vater aus dem Bett und jagte barfuß, wie er war, über die Straße. Da wankte Mutter ihm schon schreckensbleich entgegen und warf sich an seine Brust.

»Max«, flüsterte sie. »Dieses Monster kam auch zu mir, hat sich über mich gebeugt, mich an den Schultern festgehalten und gezischt: ›Abtreten, es ist Zeit!‹ Das war kein Traum, das war grausige Realität, das sag ich dir!«

»Mein Gott, das tut mir leid!« Vater war regelrecht

erschüttert. »Der Typ hatte es natürlich auf Frau Grün abgesehen, aber in der Nacht sind eben alle Katzen grau.«

»Als ich hochgefahren bin, ist ihm wohl klargeworden, daß er die falsche Person am Wickel hat, und er hat sich schleunigst davongemacht.«

»Und die alte Frau Grün?« fragte Vater.

»Hat davon nichts mitbekommen. Sie schläft tief und fest. Bis spät in die Nacht hinein hat sie noch geräumt und ist dann wohl wie ein Stein auf ihre Couch gefallen und dort eingeschlafen. Sie hat darauf bestanden, daß ich mich in ihr Schlafzimmer lege. Im Wohnzimmer hat sie sich vermutlich sicherer gefühlt.«

Vater begleitete Mutter zu uns ins Haus. »Ich gehe zurück zu Frau Grün«, sagte er dann. »Man darf sie jetzt nicht alleinlassen.«

»Max, paß bloß auf dich auf! Vielleicht ist es ja irgendein total Perverser, der hier in der Gegend sein Unwesen treibt.«

Wohlbehalten kam Vater am anderen Morgen zum Frühstück. Die Gestalt war nicht mehr erschienen. Vater hatte auch noch mit Frau Grün gesprochen. »Frau Grün«, hatte er zu ihr gesagt, »das vorgestern war kein Alptraum, der Sie heimgesucht hat, das war ein hundsgemeiner Kerl. Heute nacht hat er zur Abwechslung meine Frau fast zu Tod erschreckt. Ich denke, Sie sollten die Polizei verständigen.«

Von der Polizei aber wollte Frau Grün nichts wissen. »Nein«, wehrte sie ab, »das möchte ich nicht. In Zukunft passe ich besser auf und verriegle nachts alles.«

»Wirklich leichtsinnig von Frau Grün, daß sie die Polizei nicht einschalten will«, meinte Olli, als er die Geschichte hörte. »Eigentlich kaum zu verstehen.«

Das Gespräch fand im Hausflur statt. Anne und Olli

hatten ihren türenlosen Schrank weggeräumt, und die Stimmung war wieder besser. Als Olli dann aber bekanntgab, daß er den Balkon über unserem Sitzplatz im Garten vergrößern wollte, sank Mutters Laune auf den Nullpunkt.

»Bedeutet das, daß du den alten Balkon abreißen läßt?« fragte sie empört. »Und was geschieht mit den Rosen darunter? Und der Klematis und dem Efeu? Haben wir in letzter Zeit nicht genug Bauerei gehabt? Und wer kümmert sich dann anschließend um die verwüsteten Beete? Bisher habe ich noch keinen von euch beiden mit Spaten und Rechen hantieren sehen!«

Es kam tatsächlich so, wie Mutter befürchtet hatte.

Olli richtete mitsamt den angeheuerten Arbeitern in den wenigen Tagen, die der Balkonumbau dauerte, eine so gewaltige Sauerei an, daß der Garten anschließend einer Wüste glich. Und der Balkon war so groß geraten, daß es in unserem Wohnzimmer darunter so duster wurde wie bei einer permanenten Sonnenfinsternis. Durch alle Ritzen des Hauses – und davon gab es jede Menge – zog tagelang der Zementstaub. Die Stimmung im Haus war durch nichts mehr zu retten. Selbst mein Vater war sauer.

Mutter, die auf Zementstaub allergisch reagiert, hustete Tag und Nacht. Auch unsere verrückte Katze nieste in einem fort.

»Guter Gott!« stöhnte Mutter, »die Katze wird gegen diesen Staub auch noch allergisch werden!«

»Sollten wir uns nicht doch einmal einen Staubsauger anschaffen?« schlug ich vor. Wir besaßen nämlich keinen, weil Mutter gegen fast jede Art von Technik eingestellt war und verbissen an Besen, Schaufel, Mob und Schrubber festhielt.

»Bleib mir vom Leib mit diesen Dingern!« entgegnete

sie ärgerlich. »Was soll denn da ein Staubsauger noch ausrichten? Diesen Schutt hier kann man doch nur noch mit einem Bagger —«

Weiter kam sie nicht, weil es läutete. Beide gingen wir zur Haustür, sahen aber zuerst gar nichts. Doch dann tauchte hinter dem Gartenzaun ein kleiner Mann auf, verschwand wieder, um kurz darauf erneut zu erscheinen.

»Ja, um Himmels willen, was machen Sie denn für Kunststücke?« rief ihm meine Mutter zu. »Und wer sind Sie überhaupt?«

»Kobold, Kobold!« tönte es. »Ich bin von Kobold-Staubsauger! Staublöser, Schmutzlöser, Problemlöser!«

»Mann!« rief meine Mutter. »Was glauben Sie denn, was man hier noch lösen kann!?« Und sie deutete auf das Chaos ringsherum – auf Ollis Zementsäcke, die alten herausgerissenen Balken, den Bauschutt, die zerbrochenen Blumentöpfe und die verwüsteten Rosenbeete.

»Kobold kann alles«, sagte der kleine Mann zuversichtlich.

»Kobold kann alles«, wiederholte meine Mutter ziemlich fassungslos. Plötzlich gab sie dermaßen merkwürdige Töne von sich, daß ich dachte, sie würde weinen. Aber das tat sie nicht. Im Gegenteil, sie lachte, daß es sie schüttelte.

»Hol meinen Geldbeutel, Lucy«, bat sie. Dem Kobold-Mann drückte sie zwanzig Mark in die Hand. »Danke für die Erheiterung«, sagte sie. »Und lassen Sie mir Ihre Telefonnummer da. Ich glaube, Sie haben mich fast umgestimmt.« Der Mann gab Fersengeld. Wahrscheinlich hielt er meine Mutter für eine gefährliche Irre.

Nicht lange danach bestellte Mutter wirklich einen Staubsauger. Er wurde geliefert, als bei uns alles drunter und drüber ging. Aber davon später.

5

Eines schönen Tages fing Vater dann tatsächlich an, in einem stillen Eckchen des Gartens einen Teich auszuheben. »Die Welt ist voller Streit und Mißlichkeiten«, sagte er zu Mutter, die ihm beim Graben zusah. »Da brauche ich als Gegengewicht etwas Friedliches – stille Goldfische.«

»Das Friedlichste und Beruhigendste für mich wären Türschwellen, geliebter Max.« Mutter seufzte und drehte in gespielter Verzweiflung die Augen zum Himmel. »Aber Spaß beseite! Was mich wirklich beunruhigt, erzähle ich dir jetzt: Migros ziehen aus. Vorhin hat es mir Frau Migros gesagt. Sie haben ein kleines Haus am anderen Ende der Stadt geerbt. So ein Jammer!«

Migros waren die besten Nachbarn, die man sich vorstellen kann – immer fröhlich, immer hilfsbereit, einfach rundum erfreulich. Sie wohnten direkt neben Frau Grün, und Vater blickte nun bekümmert in diese Richtung. Wir sahen das Ehepaar und ihre fast erwachsene Tochter zwar nur selten, weil sie alle drei berufstätig waren, das tat der Freundschaft aber keinen Abbruch.

»Und weißt du auch, wer statt dessen einzieht?« fragte Mutter.

Vater schüttelte den Kopf.

»Dann sag ich's dir. Du wirst es kaum glauben. Ein Makler-Ehepaar.«

»Sagtest du ein Makler-Ehepaar?« rief Olli vom Balkon herunter. »Das darf doch nicht wahr sein!«

Jetzt, wo der Balkon fertig und der Bauschutt weggeräumt war, redeten zumindest Olli und Vater wieder miteinander.

30

»Aber Olli, du bist ja langsam schon genauso schlimm wie Rose«, meinte Vater. »Es gibt ja auch nette Makler.«

»Sehr unwahrscheinlich«, widersprach Mutter. »Und falls es wirklich welche geben sollte, gehören unsere künftigen Nachbarn sicher nicht dazu. Und ich sage dir auch gleich warum: Frau und Herrn Marder habe ich nämlich bereits kennengelernt, und zwar bei Frau Grün. Sie haben sich bei ihr vorgestellt, obgleich —«

»Das ist doch eigentlich eine ganz nette Geste«, unterbrach Vater Mutters Ausführungen.

»Im Prinzip schon«, gab sie zu. »Aber zum einen wohnen die ja noch gar nicht da, und zum anderen haben die sich verdächtig bauplatzmäßig in Frau Grüns Garten umgesehen. Sicher könnt ihr euch vorstellen, was ich damit meine. Einfach gierig!«

»Deine Horrorgeschichten könntest du echt der ›Bild-Zeitung‹ verkaufen«, sagte Vater.

»Rose hat nicht übertrieben«, rief Anne vom Balkon herunter. »Aber sonst sehen sie eigentlich ganz nett aus. Ziemlich kultiviert. Findest du nicht auch, Rose?«

»Mmmm.« Mutter nickte. Auch sie schien wieder in versöhnlicher Stimmung zu sein. Höchst erleichtert rannte ich zur Küchentreppe, um Isabelle die Neuigkeit zu überbringen.

Der Kirschbaum blühte über und über. Isabelle und ich betrachteten ihn geradezu andächtig, als wir uns morgens vor der Schule auf der Straße trafen. Unsere Meditation wurde jäh unterbrochen, als Markus, Isabelles Freund, mit seinem Mofa um die Ecke bog.

»Morgen!« Wegen des laufenden Motors mußte er ziemlich laut sprechen. »Laß dein Rad stehen, Isabelle, und steig auf!«

Isabelle schob ihr Rad zurück in den Hof und schwang sich dann auf das Mofa. Ein bißchen neidisch war ich schon, daß sie so oft abgeholt wurde. Aber schließlich war sie ja auch ein Jahr älter als ich.

»Also bis dann, Lucy!« Isabelle drehte sich auf ihrem luftigen Sitz nochmals nach mir um. »Und vergiß die Party heute abend nicht!«

Ich und die Party vergessen! Da konnte ich nur lachen. Ich dachte an nichts anderes. Schließlich war das ja mein erster größerer Ausgang mit Rainer.

Meine Eltern waren von meiner neuesten Errungenschaft nicht sehr begeistert. Immerhin war Rainer schon ein alter Knabe von fast 17 Jahren. So alt wie Daniel.

»Denk daran, daß du erst vierzehn bist«, ermahnte mich Mutter.

»Vierzehndreiviertel«, erinnerte ich sie.

»Und denk vor allem daran, daß du um elf Uhr hier erwartet wirst«, fügte Vater hinzu.

Aber nichts konnte mir die Vorfreude trüben; höchstens vielleicht die Tatsache, daß Daniel auch mit von der Partie sein würde. Und das noch dazu allein. »Warum bringt er denn eigentlich niemanden mit?« hatte ich Isabelle am Abend vorher gefragt.

»Wen denn? Ihm ist doch niemand gut genug. Eine, die ihm gefällt, muß erst noch gebacken werden.«

Trotz Daniels Anwesenheit fing die Party erfreulich an. Vor dem Eingang der Schule stand Rainer bereits mit seiner Gitarre und wartete auf mich. Er ließ sich nicht lang bitten und packte seine Gitarre aus. Das mußte man ihm lassen – er spielte wirklich sagenhaft. Richtiggehend stolz war ich auf ihn. Ich saß zu seinen Füßen und lauschte andächtig der Musik. So versunken war ich, daß ich das Mädchen, das sich plötzlich über ihn beugte, gar nicht hatte kommen sehen. »Na, daß man dich auch mal wieder siehst«, sagte sie zu ihm. Als Rainer das Mädchen ansah, verlor sein Gesicht den leicht mürrischen Ausdruck. Wie der Vollmond persönlich fing es zu leuchten an. Er antwortete etwas, das ich nicht verstand. Das Mädchen nickte. Rainer packte seine Gitarre in den Kasten, winkte mir kurz zu und verschwand im Schlepptau dieser Dame.

Tränen schossen mir in die Augen. Hoffentlich sieht sie niemand, dachte ich, und vor allem nicht Daniel. So cool ich konnte, ging ich auf den Ausgang zu, der in den Hof führte. Dort suchte ich mir eine dunkle Ecke und heulte zum Gotterbarmen. Schäbig, jämmerlich und armselig kam ich mir vor! Zertreten wie das allerletzte Mauerblümchen! Der Gedanke an das Mauerblümchen gab mir den Rest. Mich schüttelte es geradezu!

»Lucy, wein nicht«, sagte jemand hinter mir.

Der Jemand war Daniel. Der hatte mir gerade noch gefehlt!

»Kümmere dich um deine eigenen Angelegenheiten«, schluchzte ich.

»Es tut mir so leid für dich, Lucy.« Daniel stand dicht hinter mir; ich spürte es. »Ich kenne Rainer noch von früher. Er war einmal in meiner Klasse. Später hat er dann die Schule gewechselt. Schon damals hat er prima Gitarre gespielt, aber sonst ist er ein echt blöder Typ. Du bist wirklich zu schade für ihn.«

Ich traute meinen Ohren nicht. War das wirklich Daniel, der normalerweise nur hämische Bemerkungen machte? Ich drehte mich um und muß ihn wohl völlig entgeistert angesehen haben, denn er sagte: »Du wunderst dich. Das sehe ich dir an, trotz der Dunkelheit. Lucy, eigentlich finde ich dich total nett. Sehr nett sogar. Das wollte ich dir schon lange mal sagen. Du bist nur immer so wahnsinnig unfreundlich zu mir, und deshalb bin ich natürlich auch nicht besonders freundlich zu dir.«

Ein Wechselbad der Gefühle, dachte ich. Denn ganz im Grund meines Herzens fand ich Daniel auch nicht übel. Meine Mutter hatte ihn mir mit ihren Lobhudeleien einfach vermiest. Und er sah super aus.

»Sollen wir noch in die Eisdiele gehen?« fragte er. »Hast du Lust?«

Ich nickte. Zu mehr war ich zwischen Schniefen und Tränenabwischen gar nicht fähig.

Zusammen schlenderten wir durch den kleinen Stadtpark. Auf einer Bank saß Rainer mit dem Mädchen. Eine Leuchte, die hinter der Bank installiert war, warf ihr Licht geradewegs auf Rainers riesige Ohren. Ich konnte gar nicht mehr verstehen, daß er mir einmal gefallen hatte.

»In letzter Zeit habe ich besonders oft an dich gedacht«, sagte Daniel, als wir uns in der Eisdiele gegenübersaßen.

Er hatte ganz selbstverständlich seine Hand auf meine gelegt, und ich sah in seinen braunen Augen nichts als Zuneigung und Wärme. Ich mußte bisher doch tatsächlich mit Blindheit geschlagen gewesen sein!

»Willst du nicht wissen, warum ich in letzter Zeit so oft an dich gedacht habe?« wiederholte Daniel seine Frage.

»Natürlich will ich das!«

»Mir wurde ein Referat aufs Auge gedrückt über den englischen Dichter Wordsworth.«

»Und was hat der mit mir zu tun?«

»Eine ganze Menge«, antwortete Daniel. »Er hat nämlich eine Reihe Gedichte über eine Lucy geschrieben.«

»Kannst du ein paar auswendig?« fragte ich.

»Ja.«

»Und? Du könntest mir doch eins davon aufsagen, oder?«

34

»Wenn es dich nicht langweilt. Ich dachte immer, du hältst von so *verstaubten Gedichten* nicht besonders viel – das hast du doch mal gesagt, oder?«

»Das war einmal. Jetzt möchte ich aber *meine* Gedichte unbedingt hören.«

»Okay – am besten gefällt mir das:

She dwelt among the untrodden ways
Beside the springs of Dove,
A Maid whom there were none to praise
And very few to love:

A violet by a mossy stone
Half hidden from the eye!
Fair as a star, when only one
Is shining in the sky.

She lived unknown, and few could know
When Lucy ceased to be;
But she is in her grave, and oh,
The difference to me.«

Inzwischen kenne ich natürlich das Gedicht in- und auswendig, auch alle anderen Lucy-Gedichte. An diesem besagten Abend verstand ich zwar vom Inhalt kaum etwas, trotzdem fand ich es toll. Es war das erste Gedicht, das mir gefiel. Das war auch kein Wunder, denn die Art, wie Daniel es rezitierte und mich dabei ansah, hätte aus dem bescheuertsten Knallkopf einen Lyrik-Fan gemacht.

Als es elf Uhr schlug, bogen wir in unsere Straße ein. Unter dem Kirschbaum von Frau Grün verabschiedeten wir uns. Daniel zog mich an sich. Alles war wie ein Traum: der Abend, die Kirschblüten über mir, diese leuchtende Pracht – die von einer Sekunde zur anderen zum Alptraum wurde. Ein Gesicht starrte durch die Blüten auf mich herab.

»Daniel«, flüsterte ich. »Weg hier!«

»Lucy, was —«

»Komm!« flehte ich.

Mutter machte uns auf. »Lucy, was ist?« rief sie, als sie mich sah. »Du bist ja so weiß wie ein Gespenst!«

»Der Alptraum von Frau Grün sitzt auf dem Kirschbaum«, sagte ich. Und dann schlugen mir die Zähne aufeinander.

»Max!« schrie Mutter, und dann: »Olli, Anne!! Das Schreckgespenst von Frau Grün sitzt auf dem Kirschbaum! Schnell!«

»Auf geht's«, sagte Vater, kaum daß er die Geschichte vernommen hatte.

»Und wenn der Kerl eine Pistole hat, was machen wir dann?« fragte Olli. Er hatte noch ein Glas Wein in der einen und ein Stück Käsegebäck in der anderen Hand.

»Rose, bleib bitte hier«, sagte Vater. »Sollte der wirklich —«

»Papa!« rief ich und heulte.

»Holt doch lieber die Polizei«, bat Anne. Aber Vater und Olli waren schon unterwegs – und ein paar Minuten später auch schon wieder zurück. »Im Baum sitzt niemand mehr«, sagte Olli.

»Seid ihr nochmals um Frau Grüns Haus herumgegangen?« fragte Anne.

»Fensterläden und Türen sind zu. Ich habe nachgesehen. Wer immer es ist und was immer er will, diesmal haben wir ihm einen Strich durch die Rechnung gemacht.«

»Sollten wir Frau Grün nicht warnen?« fragte Daniel.

»Wir erschrecken sie wahrscheinlich nur damit«, gab

36

Vater zu bedenken. »Der Typ wird bestimmt nicht mehr so schnell erscheinen.«

»Wie sah er denn aus?« Olli wandte sich Daniel zu.

»Lucy hat mich dermaßen schnell vom Baum weggezogen, daß ich ihn gar nicht gesehen habe.«

»Hast du dich da vorhin nicht geirrt, Lucy?« fragte Olli. »Warum sollte sich der Mensch gerade in den Kirschbaum setzen, der voll beleuchtet ist? Eigentlich gibt es bessere Verstecke als gerade diesen Baum.«

»Beim Kirschbaum war es stockdunkel, als wir um die Ecke bogen«, erklärte Daniel. »Die Straßenlaterne hat doch einen Wackelkontakt, und sie fing erst zu leuchten an, als wir näherkamen. Dem Typ wird vielleicht in der Eile nichts anderes eingefallen sein, als schnell auf den Baum zu klettern.«

»Ja, dann«, sagte Olli. Trotzdem hatte ich den Eindruck, daß er mir nicht hundertprozentig glaubte.

Nachts träumte ich, daß mich Daniel unter dem Kirschbaum küßte. Gemeinsam schwebten wir mitten in die Blüten hinein. Selig hielt ich mich an Daniel fest. Ich machte die Augen zu. Als ich sie wieder öffnete, hielt mich nicht mehr Daniel, sondern der Alptraum von Frau Grün in den Armen. Er hatte rote Augen, keine Oberlippe und riesige gelbe Zähne. Neugierigen Gören muß man den Hals umdrehen, flüsterte er heiser und packte mich an der Gurgel. Mit einem Schrei wachte ich auf.

Am anderen Tag ging Mutter noch vor dem Frühstück zu Frau Grün hinüber.

»Sie macht nicht auf«, sagte sie, als sie zurückkam.

»Warten wir noch eine Stunde«, schlug Vater vor. »Vielleich ist sie ja nur schnell zum Einkaufen gegangen.«

»Max, aber doch nicht schon um sieben Uhr morgens.«

»Du hast recht wie immer. Wir rufen nachher mal bei ihr an. Wenn sie nicht abnimmt, klopfen wir. Und den Schlüssel, den sie uns für alle Fälle gegeben hat, haben wir ja auch noch.«

Auch später nahm Frau Grün das Telefon nicht ab. Gemeinsam gingen wir über die Straße zu ihrem Haus hinüber. Wir läuteten. Nichts rührte sich. Vater schloß die Haustür auf. Es war sehr still im Flur. Auch im Wohnzimmer.

Frau Grün saß auf ihrem Sessel. Sie antwortete uns nicht mehr. Ihre toten Augen waren auf ein Kinderbild gerichtet, das auf ihrem Schoß lag.

6

Zur Beerdigung von Frau Grün kamen nur einige Nachbarn und ein alter Vetter von ihr mit seiner Frau. Familie Migros war natürlich da, Olli und Anne, Isabelle, Daniel, Uta und wir. Vom Kirschbaum hatten Isabelle und ich Zweige abgebrochen und sie auf den Sarg gelegt.

»Ich hoffe«, sagte Mutter, als sie unsere Zweige sah, die zwar nicht mehr blühten, aber jung und frisch waren, »daß Frau Grün in ihrem nächsten Leben einen riesigen Garten voller Kirschbäume vorfindet!«

Abends saß unsere Hausgemeinschaft noch draußen im Garten zusammen.

»Niemals ist Frau Grün eines natürlichen Todes gestorben!« sagte Mutter zum wiederholten Mal.

»Der Arzt hat auf den Totenschein *Herzversagen* geschrieben«, entgegnete Olli. »Ich habe mich extra nochmals erkundigt. Ob ihn nun der Alptraum von Frau Grün, wie wir ihn nennen, ausgelöst hat oder nicht – kein Arzt der Welt kann das mehr feststellen.« Olli seufzte. Als er jetzt aufstand und langsam im Garten auf und ab ging, wirkte er wie ein bekümmerter Pinguin, der seinen *embonpoint*, wie Anne liebevoll Ollis Bauch nannte, vor sich herschob. Noch immer trug er seinen schwarzen Anzug und ein weißes Hemd, das über diesem Bauch etwas spannte.

»Seien wir doch ehrlich: Frau Grün kann durchaus an einem Herzschlag gestorben sein«, sagte Vater. »Sie war doch bereits gute siebzig Jahre alt.«

»Marders haben etwas damit zu tun«, stieß Mutter plötzlich hervor. »Diese schnellen, gierigen Blicke neulich in Frau Grüns Garten –«

»Ich bitte dich, Rose.« Vater seufzte. »Langsam leidest du wirklich an Verfolgungswahn. Du siehst auch alles so negativ und so wenig differenziert. Früher war das nicht so.«

»Mag sein«, gab Mutter zu. »Aber inzwischen habe ich einfach keine Lust mehr, mir differenziert Gedanken über Leute zu machen, die unsere gute alte Mutter Erde verschachern. Für mich zählen diese gewissenlosen Typen zu den miesesten Ver —«

»Vor so einseitigen Schuldzuweisungen würde ich mich hüten«, warnte Vater.

Ich fand die neuen Nachbarn eigentlich gar nicht so übel. Frau Marder war am Tag vor Frau Grüns Tod mit einem Strauß Moosröschen bei uns erschienen. Mit ihrem herzlichen Lächeln sah sie wirklich sympathisch aus.

»Beweisen können wir jedenfalls nichts, selbst wenn Rose mit ihren Vermutungen recht haben sollte«, meinte Olli.

»Mir ist es ein Rätsel, Rose, wie du gerade auf die Marders kommst.« Vater zog die Augenbrauen erstaunt in die Höhe. »Selbst wenn sie sich Frau Grüns Garten *bauplatzmäßig* angesehen haben sollten, ist das allein schließlich noch kein Verbrechen. Wirklich verdächtig ist meines Erachtens einzig und allein Frau Grüns Sohn. Er ist der einzige, der ein Motiv hat.«

»Das meine ich auch«, stimmte Olli Vater zu. »Über den Filius habe ich übrigens schon ein paar Erkundigungen eingezogen, aber nichts wirklich Gravierendes gefunden. Er lebt, wie wir bereits wissen, in Amerika in nicht besonders guten Verhältnissen. In der fraglichen Zeit, also in der Todesnacht, war er mit ziemlicher Sicherheit nicht hier im Land.«

»Aber er hätte doch leicht jemanden beauftragen können, die Sache für ihn zu erledigen«, sagte ich. »Und überhaupt: Woher weißt du so genau, daß Frau Grüns Sohn nicht da war?«

»Ich habe so meine Kanäle.« Olli grinste. »Wozu mache ich denn auch noch Polizeiberichterstattung.«

»Aber merkwürdig ist es schon, daß der einzige Sohn nicht zur Beerdingung seiner Mutter kommt. Findet ihr nicht auch?« Anne blickte in die Runde.

»Weiß man überhaupt, wo er sich aufhält?« fragte Vater.

Olli schüttelte den Kopf. »Das war wohl das Problem. Jedenfalls sagten das Frau Grüns Verwandte heute bei der Beerdigung.«

»Vielleicht hat er die Nachricht vom Tod seiner Mutter aber doch bekommen, hatte aber keine Lust zu erscheinen. Dazu verpflichtet ist er ja nicht. Und ein angenehmer Zeitgenosse scheint der junge Grün sowieso nicht zu sein. Schon früher ist er —«

»Darf ich dich noch schnell was fragen?« unterbrach ich Olli. »Der junge Grün muß doch mindestens schon vierzig sein oder noch älter.«

»Ja, du hast natürlich recht. Von jung kann man nicht mehr reden. Aber was ich euch vorhin noch mitteilen wollte: Dieser Torsten Grün ist bereits als Siebzehnjähriger mit dem Gesetz in Konflikt geraten. Ich habe mir sowohl die Polizeiprotokolle als auch die Gerichtsakte herausgesucht. Damals hatte er, weil er knapp bei Kasse war, einer alten Dame die Handtasche geraubt. Er muß wohl ziemlich brutal vorgegangen sein, denn die Frau stürzte und verletzte sich schwer – und er hat sie dann hilflos liegenlassen.

Weil Torsten Grün damals aber zum einen noch unter das Jugendstrafrecht fiel und zum anderen nicht vorbestraft und seine Mutter eine geachtete Bürgerin war, kam er mit einer Bewährungsstrafe und der Auflage davon, ein Jahr lang an Wochenenden in einem Altenheim zu helfen. Aber das paßte ihm nicht. Er setzte sich kurz und bündig nach Amerika ab.«

Die Angeln unserer Gartentür quietschten. Um die Hausecke herum kam Uta, gefolgt von Isabelle und Daniel.

Daniel ging direkt auf mich zu und legte freundschaftlich den Arm um mich.

»Na, ihr zwei scheint das Kriegsbeil ja endgültig begraben zu haben.« Mutter blickte von einem zum andern. Auch Vater sah mich forschend an.

»Und die Eltern blickten stumm …« rezitierte Isabelle.

Das Interesse, das uns entgegengebracht wurde, störte mich ziemlich. Um davon abzulenken, sagte ich: »Olli hat gerade erzählt, was er über Frau Grüns Sohn herausgefunden hat.«

»Ihr glaubt also nach wie vor, daß es bei Frau Grüns Tod nicht mit rechten Dingen zugegangen ist?« Uta sah von einem zum andern.

»Möglich ist es«, erwiderte Olli achselzuckend.

»Was war denn mit dem hoffnungsvollen Nachwuchs? Hatte er etwas auf dem Kerbholz? Gib's doch bitte nochmals zum besten. Wir möchten es auch wissen.« Daniel sah Olli neugierig an.

»Auf allgemeinen Wunsch nochmals von vorn«, hob Olli an. »Torsten Grün hatte also als Jugendlicher eine alte Frau überfallen. Noch während seiner Bewährungszeit heuerte er auf einem Schiff an und setzte sich nach Amerika ab. Der Richter fand es bei der Verhandlung bloß eigenartig, daß die tüchtige und in ihrer Firma angesehene Frau Grün ihren Sohn so wenig –«

»Welchen Beruf hatte Frau Grün denn eigentlich?« unterbrach Anne ihren Mann.

»In eurer Gesellschaft etwas in Ruhe zu Ende zu erzählen ist schlechterdings unmöglich«, beklagte sich Olli. »Liebe Anne, soweit ich weiß, hatte Frau Grün keinen Beruf, als sie als Flüchtling aus der Tschechoslowakei kam. Sie fand Arbeit in einer Firma, in der sie bis zu ihrer Rente blieb, und in diesem Betrieb hat sie sich dann im Lauf der Jahre bis zur Abteilungsleiterin hinaufgearbeitet. Irgendwann kaufte sie sich dann das Grundstück, das wir alle kennen, und stellte sich das kleine Häuschen drauf. Wie gesagt, sie war sehr tüchtig. Merkwürdig aber fand der Richter damals – das wollte ich vorhin noch sagen –, daß Frau Grün ihrem Sohn so viel durchgehen ließ. *Ich habe den Eindruck, Frau Grün, Sie wollen an Ihrem Sohn etwas gutmachen.* So der O-Ton des Richters. Das stimme, antwortete Frau Grün. Sie habe Torsten gegenüber immer Schuldgefühle, weil er ohne Vater und Geschwister aufwachsen müsse. Viele junge Leute der Nachkriegsgeneration hätten das gemußt, meinte der Richter. Das allein sei wohl kein ausreichender Grund, ihn dermaßen zu schonen.«

»Du könntest mich auch ein bißchen mehr verwöhnen.« Isabelle sah ihre Mutter leidvoll an und grinste dann. »Schließlich wachse ich ja auch ohne Vater auf.«

»Du arme Viertelwaise.« Uta lachte. »Soweit mir bekannt ist, lebt euer Vater noch und kümmert sich durchaus um euch. Und einen Bruder hast du auch, wenn ich nicht irre.«

Alle hingen wir unseren Gedanken nach. Dann sagte Vater leise: »Lassen wir Frau Grün in Frieden ruhen. Wer immer ihr Alptraum war – er wird sie nicht mehr stören.«

7

Eine Woche nach Frau Grüns Beerdigung zogen die Migros aus unserer Straße weg. Wir hatten sie noch zu einem Abschiedsessen eingeladen. »Sie werden uns fehlen«, sagte Mutter schwermütig.

»Wir wollen uns nicht loben, aber ich glaube auch, daß wir bessere Nachbarn waren, als Herr und Frau Marder es je sein werden.« Herr Migros lächelte betrübt. »Übrigens haben sich Freunde von uns einmal wegen eines Objekts an sie gewandt und sind schwer reingefallen. Marders zeigten ihnen ein Haus, in dem, wie sich später herausstellte, ein alter Mann wohnte. Mit miesen Tricks wollten sie ihn hinausekeln. Unsere Freunde haben, als sie davon erfuhren, dankend von dem Projekt Abstand genommen.«

»Dachte ich es mir doch!« Mutter warf Vater einen triumphierenden Blick zu.

»Ich hätte ja gern gehabt, daß eine nette junge Kollegin mit ihrer Familie Ihre Nachbarn werden«, sagte Frau Migros. »Aber der Hausbesitzer hatte andere Pläne.«

»Verlieren wir nicht gleich die Hoffnung«, sagte Vater. »Selbst Makler könnten eine positive Entwicklung durchmachen.«

»Dein Wort in Gottes Ohr«, murmelte Mutter.

Ganz so gut wie am Anfang gefielen mir unsere neuen Nachbarn nicht mehr, als sie uns gegenüber wohnten. Herr Marder besaß einen großen schwarzen Nobelschlitten, an dem seine Haushaltshilfe endlos herumwienern mußte. Manchmal wedelte er auch höchstpersönlich mit einem großen Pinsel den Staub von der Karosserie. Seine

Frau fuhr ein Cabrio, das sie selbst dann benutzte, wenn sie nur vom Bäcker um die Ecke etwas holen wollte.

»Frau Marder«, sagte meine Mutter einmal im Vorbeigehen – Frau Marder hatte ihr gerade erzählt, daß sie zum Brötchenholen fahre – »bis Sie ins Auto steigen, den Motor anlassen und die Gegend mit Ihren Abgasen beglücken, sind Sie doch auch zu Fuß beim Bäcker. Außerdem tut Bewegung gut«, fügte sie mit einem Blick auf Frau Marders ausladende Hüften hinzu.

»Wir sind beruflich so im Streß«, entgegnete Frau Marder säuerlich, »daß wir keine Zeit für Spaziergänge haben. Ich bin berufstätig. Sie ja wohl nicht.«

»Aber sicher bin ich das. Ich übersetze gerade eine wissenschaftliche Abhandlung, die sich mit Menschen befaßt, deren untere Extremitäten schrumpfen, weil sie nicht bewegt werden.«

»Wie interessant.« Frau Marder setzte sich wütend in ihren Wagen und fuhr los.

Noch etwas passierte, was selbst meinen Vater gegen die Marders aufbrachte. Kurz nach deren Einzug fegte ein furchtbarer Sturm übers Land. Er begann am Nachmittag, steigerte sich im Lauf des Abends und wurde in der Nacht zum Orkan. Ganze Wälder fielen um wie Streichhölzer, Baugerüste wurden flachgelegt, Dächer abgedeckt. In unserem Stadtteil passierte allerdings relativ wenig. Trotzdem haben wir in dieser Nacht kein Auge zugetan. Verstört standen wir an den Fenstern. Ein bleicher Vollmond grinste zwischen vorbeijagenden Wolken hindurch und warf sein Licht auf die Bäume, die vom Sturm so gebeutelt wurden, daß sie laut ächzten und stöhnten. Wie Hilferufe klang das. Außer einigen Fichten überstanden in unserer Nachbarschaft aber alle Bäume diese Nacht. Gegen Morgen flaute der Sturm dann ab. Völlig gerädert ließen wir uns in die Betten fallen, doch schon kurze Zeit später schreckten wir wieder hoch. Ein Höllenspektakel ertönte aus Marders Garten. Dort war man gerade dabei, die große schöne Birke zu fällen.

»Sind Sie von Sinnen?« brüllte Anne vom Balkon aus über die Straße, als die Säge für kurze Zeit schwieg.

»Tut mir leid!« brüllte Herr Marder ebenso laut zurück. »Aber der Sturm hat die Birke so zugerichtet, daß es zu gefährlich gewesen wäre, sie auch nur eine Stunde länger stehenzulassen. Über kurz oder lang wäre sie nämlich von alleine umgefallen. Und zwar auf unsere Terrasse.«

»Das glauben Sie doch wohl selber nicht!« Mutter hatte sich im Morgenmantel zum Gartenzaun aufgemacht, um Anne zu unterstützen. »Als der Sturm vorhin aufhörte, stand Ihre Birke noch genauso da wie gestern, gesund und munter.«

»Beweisen Sie das doch mal«, höhnte Herr Marder.

»Da hast du die Bestätigung für die charakterliche Integrität unserer Nachbarn, Max«, sagte Mutter bitter. »Der Sturm kam ihnen gerade recht, und sie haben blitzschnell gehandelt. Offensichtlich haben sie auch die entsprechenden Leute bei der Hand. Denn gegen sechs Uhr früh jemanden aufzutreiben, der dir eine Birke fällt – das ist zumindest ungewöhnlich. Und die Feuerwehr ist es nicht. Die hat heute nacht auch was anderes zu tun als gesunde Bäume zu fällen. Ich schwöre euch: Die Ganoven da drüben hecken etwas aus. Vielleicht haben sie ja das Haus bereits gekauft, oder der Besitzer hat entsprechende Pläne und die beiden sind seine Helfershelfer. Pfui Teufel!«

Etwa zwei Wochen nach Frau Grüns Tod wurde eine

große Tafel neben dem Kirschbaum angebracht. Ich sah sie sofort, als ich von der Schule heimkam. Darauf stand:

Zehn Exklusiv-Komfort-Eigentumswohnungen
im grünen Süden der Stadt …

Es stand natürlich noch mehr drauf, aber die ersten zwei Zeilen reichten mir vollauf.

»Mama!« Ich stürzte ins Haus. »Hast du die Tafel da draußen gesehen? Frau Grüns Garten wird abgeholzt!«

»Frau Grüns Garten wird abgeholzt –« Mutter wiederholte diese Worte ein paarmal, bevor sie sie richtig begriffen hatte. »Wer sagt denn das, Lucy!«

»Zehn Exklusiv-Komfort-Wohnungen kommen hin. Das steht auf einer Tafel neben dem Kirschbaum.«

In stummer Verzweiflung betrachteten wir gemeinsam die Tafel. Ein riesiges Gebäude war auf der Tafel abgebildet, umgeben von wunderbar üppigen Bäumen und netten gepflegten Grünflächen.

»Die Bäume auf dem Gemälde können nur die von den Nachbarn sein«, sagte Mutter, »denn ein Bauwerk dieser Größe füllt doch das gesamte Grundstück aus. Wo soll denn da noch Platz für einen Baum sein?«

Ganz unten auf der Tafel stand: Beratung und Verkauf der Wohnungen durch Immobilienfirma Marder.

»Sauber«, sagte Mutter. »Sind die doch tatsächlich mit von der Partie! Ich wußte es ja!« Und sie ging schnurstracks zurück in unsere Wohnung, riß die vertrockneten Moosröschen aus der Vase, marschierte über die Straße und läutete. Als Frau Marder die Tür öffnete, warf ihr Mutter die Blumen vor die Füße und sagte laut und vernehmlich: »Da haben Sie Ihre Blumen wieder. Auf weitere Gebinde verzichten wir dankend. Pflanzen Sie lieber einen Kirschbaum auf Frau Grüns Grab. Sie hat ihren Garten geliebt, der nun mit Ihrer Hilfe umgebracht wird!«

Das Lächeln fiel Frau Marder buchstäblich aus dem Gesicht. Entgegnen konnte sie nichts, denn meine Mutter machte auf dem Absatz kehrt. Daheim wählte sie sofort Ollis Nummer in der Redaktion. Außer sich rief sie ins Telefon: »Olli, Frau Grüns Grundstück wird abgeholzt! – Ja, eine entsprechende Tafel hängt bereits am Zaun mit einer Abbildung des Mammutprojekts. – Eigentumswohnungen – Komfortwohnungen. – Aber Olli, wie ist es nur möglich, daß schon jetzt, gerade mal ein paar Tage nach Frau Grüns Tod, eine Baugenehmigung da ist? – Wie bitte? – Aber angeblich hat man doch den Sohn noch nicht einmal verständigen können. Das haben doch die Verwandten gesagt, die Max und ich zufällig nochmals getroffen haben. Sie sagten auch, es sei Frau Grüns eigener Wunsch gewesen, daß sie sofort beerdigt wird, auch wenn der Sohn nicht dabei ist. – Aber trotzdem. – Kümmerst du dich um die Sache? – Stell dir vor, die Marders mischen auch mit. – In die Zeitung soll ich schauen? – Interessant. Mach ich gleich. Ja, dann bis heute abend.«

Im Regionalteil der Zeitung war folgender Artikel zu lesen:

»*Wir brauchen wirklich nicht mehr mit Fingern auf unsere Nachbarn in Italien, Spanien oder sonstwo zu zeigen, wenn es um Korruption geht. Deutschland hat aufgeholt und ist inzwischen europaweit fast Spitzenreiter. Sie glauben es nicht? Die Zahlen sprechen für sich: Von der Bakschisch-Seuche sind mehr Menschen betroffen, als wir uns vor kurzem noch hätten träumen lassen, Tendenz steigend.*

Schmiergeldzahlungen, illegale Preisabsprachen, Betrug bei öffentlichen Bauvorhaben – in unserer Stadt sind sie an der Tagesordnung. Exakt 450 Verfahren liegen seit Anfang vergangenen Jahres bei der Staatsanwaltschaft, allein 300 kamen in den letzten vier Monaten dazu. Die Bilanz ist beeindruckend. Gegen 600 Beschuldigte wurde ein Verfahren eingeleitet. Den Ermittlern zufolge ist es offenbar bei uns gang und gäbe zu bestechen und sich bestechen zu lassen. Es sind viele Fälle bekannt, in denen volle Brieftaschen für schnelle Genehmigungen nützlich waren. Dieser Verfall der Sitten ist beängstigend. Aber machen es uns nicht manche unserer Politiker vor? Hatten wir da nicht einmal einen Bürgermeister oder sogar einen Verkehrsminister, der so manches Ding drehte? Wenn nicht bald ein Prozeß des Umdenkens in Gang kommt, dann Deutschland nicht mehr a-dieu, sondern au-diable!«

Leider konnte ich weder Isabelle noch Daniel mein Leid klagen, weil sie gleich nach der Schule zur Geburtstagsfeier ihrer Großmutter gegangen waren. Erst spät abends sah ich Licht in Isabelles Zimmer. »Was sagst du zu Frau Grüns Garten?« schrieb ich. »Hast du die Tafel gesehen? Sicher hast du das, denn sie ist nicht zu übersehen, nicht einmal in dunkelster Nacht. Mutter sagt, daß Bestechung im Spiel sein *muß.* Sie hat einen Zeitungsartikel zu diesem traurigen Thema ausgeschnitten, den ich Dir gleich beilege. Bitte nicht wegwerfen! Nicht einmal Papa hat Mama heute widersprochen, sondern war richtig traurig. Olli will sich erkundigen, wie das mit der Baugenehmigung zugegangen ist, und Mama und ich wollen morgen zum Bauamt gehen und uns den zuständigen Sachbearbeiter anschauen. Mama meint, man müsse ihm die Bestechlichkeit an der Nasenspitze ansehen.«

Den Brief legte ich in den Korb und schickte ihn hinüber.

Isabelle antwortete sofort: »Mein Gott, ist das alles
furchtbar! Klar stinkt die Sache zum Himmel! Schade,
daß ich euch morgen nicht begleiten kann. Ich habe Mama
versprochen, mit ihr zum Großmarkt zu fahren. Ganz
schön edel am ersten Ferientag! Daniel ist auch nicht da.
Aber das weißt Du ja selbst. Übrigens ist mein Bruder wie
ausgewechselt. Immer freundlich, kaum mehr spöttisch.
Was hast du bloß mit ihm angestellt? Ich bin direkt ein
bißchen eifersüchtig!«

»Auf Daniel brauchst du nicht eifersüchtig zu sein«,
schrieb ich. »Deine und meine Freundschaft ist etwas ganz
anderes, und sie wird ewig halten! Aber mit Daniel verstehe ich mich im Moment echt gut. Und ich werde nie
vergessen, wie er mich an dem Abend aufgebaut hat, als
Rainer auf und davon ist. Na ja, über das Thema müssen
wir uns mal etwas ausgiebiger unterhalten. Schade, daß
du morgen keine Zeit hast. Zuerst einmal wollen Mama
und ich uns im Bauamt ganz unverfänglich darüber infor-
mieren, ob Wintergärten genehmigt werden müssen. Der-
weilen können wir uns den Typ in aller Ruhe anschauen.
Vielleicht ist *er* ja der Alptraum von Frau Grün? – Ciao
bis morgen!«

Als ich gerade ins Bett steigen wollte, wurde der Korb
nochmals herübergeschickt. »Daniel ist eben erst aufgetaucht, weil er Omi noch beim Aufräumen geholfen hat«,
stand auf dem Zettel. »Er will dir unbedingt [unbedingt
war x-fach unterstrichen] noch etwas sagen. Was, verrät
er nicht. Du sollst auf die Straße hinunterkommen. Er
steht bestimmt schon unten.«

Meine Kammer im Dachboden war glücklicherweise
direkt übers Treppenhaus erreichbar. Tatsächlich stand

Daniel schon draußen unterm Kirschbaum und lächelte mir entgegen. »Ich wollte dir einfach noch gute Nacht sagen. Sonst nichts.«

Meine Beine wurden kaugummimäßig weich, als ich auf ihn zuging. Ein Gefühl wie im Boot bei leichtem Wellengang.

»Komm!« Er nahm mich an der Hand. »Laß uns noch ein bißchen in Frau Grüns Garten gehen, solange es ihn noch gibt.«

Wir machten das Türchen auf und spazierten über das Gras bis zur Trauerweide, die im hinteren Teil des Grundstücks stand. Unter ihren tiefhängenden Zweigen ließen wir uns nieder. Ziemlich lang saßen wir da und sprachen über Gott und die Welt und vor allem über uns.

»Kannst du mir den Unterschied zwischen Liebe und Freundschaft sagen?« fragte ich.

»Darüber habe ich noch nie nachgedacht. Aber ich glaube, Liebe ist ein tieferes Gefühl als Freundschaft, dafür ist Freundschaft verläßlicher. Wirkliche Freundschaft kann ein Leben lang halten, aber Liebe? Ich weiß nicht.«

»Das klingt aber nicht sehr ermutigend«, flüsterte ich. »Und macht mich traurig.« Aber das sagte ich nur so, denn ich war alles andere als traurig. Gerade kam der Mond zwischen den Wolken hervor. Sein silbriges Licht fiel auf Zweige und Blätter, so daß sie bizarre Schatten warfen. Unheimlich-schön war das. Dann verzog sich der Mond wieder, und es wurde dunkel. Daniel nahm mich ganz fest in seine Arme und flüsterte: »Trotzdem habe ich dich furchtbar –«

Mitten im Satz hörte er auf. Und bevor ich fragen konnte warum, legte er einen Finger auf meine Lippen.

Zwei Gestalten bewegten sich zwischen den Bäumen.

Weil sich unsere Augen an die Dunkelheit gewöhnt hatten, konnten wir sie recht gut sehen. Beide hatten etwas Kanisterähnliches in der Hand. In der Mitte des Gartens trennten sie sich. Eine schlich zur Buche rechts vom Haus. Die andere näherte sich unserer Trauerweide. Ich erstarrte fast zur Salzsäule vor Angst.

Und dann mußte ich niesen. Das muß ich immer, wenn ich mich aufrege. Die gebückte Gestalt vor uns riß es in die Höhe. Ein weißes Gesicht, um das ein dunkler Schal geschlungen war, starrte zu uns herüber. Die Person sah uns zwar nicht, ließ aber den Behälter fallen und rannte weg, so schnell die Beine sie trugen. Zusammen mit ihrem Gefährten oder ihrer Gefährtin erreichte sie die Gartentür. Beide jagten nach rechts in Richtung Alte Heide.

Wie versteinert saßen wir noch eine ganze Weile da, bis Daniel erbittert sagte: »Nicht einmal mehr gute Nacht sagen kann man sich, ohne daß man gestört wird. Das ist immerhin schon das zweite Mal.«

Mir war ganz kalt vor Wut und Angst. Ich stand auf.

»Laß uns wenigstens dieses Ding mitnehmen, das sie verloren haben. Vielleicht gibt es Aufschluß über die nächtliche Invasion. Denn zum Abendgebet-Aufsagen sind diese beiden bestimmt nicht hiergewesen.«

»Das sicher nicht.« Daniel bückte sich nach dem Kanister.

»Irgendwie kam mir diese Schattenfigur bekannt vor, der Gang und der Körperbau. Dir nicht auch, Daniel?«

»Eigentlich nicht.«

Olli kam gerade angeradelt, als wir aus Frau Grüns Garten kamen. »Na, ihr seid ja spät unterwegs«, meinte er mit erhobenem Zeigefinger.

»Sag bitte nichts zu Papa und Mama«, bat ich. »Dafür erzählen wir dir auch etwas.«

Wir hielten ihm den Kanister unter die Nase und berichteten von unserem Erlebnis. Olli schraubte den Deckel ab und roch hinein.

»Unkraut-Ex, nehme ich an. Morgen bringe ich den Inhalt zum Analysieren. Ich vermute, die beiden wollten das Zeug auf die Wurzeln der alten Buche und der Trauerweide schütten, weil die Bäume der Bauerei im Weg sind, aber dummerweise wegen ihrer Größe unter Baumschutz fallen. Sie auf diese Art und Weise zu vernichten ist einfacher und billiger, als sich die Abholzgenehmigung mit der Auflage für spätere Ersatzpflanzungen zu besorgen. Diese Ersatzpflanzungen sind sowieso eine Augenauswischerei. Denn wie sollen denn Bäume auf dem Beton einer Tiefgarage wachsen? Könnt ihr mir das verraten? Es ist ein Skandal, daß die Grundstücke seit neuestem von vorn bis hinten zubetoniert werden dürfen.«

»Verstehe ich trotzdem nicht«, sagte Daniel. »Wenn mit relativ wenig Geld und ein paar Auflagen die Sache zu erledigen ist, warum rennen die Bauunternehmer oder ihre Helfershelfer mit Pflanzengift durch die Gegend? Das ist nun wirklich riskant. Der Gang zur Behörde ist da doch wesentlich unproblematischer.«

»Da irrst du dich! Gift ist billig, und Attentate solcher Art werden selten aufgedeckt. Aber in diesem Fall kommt vermutlich noch hinzu, daß es bei der Genehmigung für die geplante Wohnanlage nicht mit rechten Dingen zugegangen ist. Vermutlich wollte man deshalb keine schlafenden Hunde wecken, also den Protest der Nachbarn nicht auch noch zusätzlich mit dem Abholzen der schönen alten Bäume provozieren. Wenn sie von allein eingehen, ist das etwas anderes – da ist es dann Schicksal!«

»Vielleicht hat die Baufirma gegen ein kleines Bakschisch sogar von der Behörde den Tip bekommen, sich des unliebsamen Grünzeugs auf altbewährte Art und Weise zu entledigen – siehe Artikel in unserer Zeitung«, sagte ich.

»Welcher Artikel?« fragte Daniel.

»Ein Artikel über Bestechung«, antwortete ich. »Im Moment hat ihn Isabelle. Du kannst ihn dir morgen von ihr geben lassen.«

»Und die Obstbäume?« Daniel sah Olli fragend an. »Was wird aus denen?«

»Das sind Nutzbäume, und Nutzbäume dürfen gefällt werden, samt und sonders. Es sei denn, sie sind so gewaltig, daß sie als Naturdenkmal gelten. Aber so gewaltig ist keiner, selbst der Kirschbaum nicht.«

»Aber er steht doch fast auf der Straße«, wandte Daniel ein. »Er stört niemanden.«

»Das interessiert Baufirmen nicht. Lieber holzen die zehn Bäume ab, als mit ihren Baggern auch nur einen Meter Umweg zu fahren. Wenn man bedenkt, wie lang ein Baum braucht, bis er groß ist – und wie lächerlich niedrig dagegen die Strafen für Baumsünder sind. Ein Skandal ist das!« Olli redete jetzt laut. Er war richtig aufgebracht.

»Du weckst die gesamte Nachbarschaft auf, wenn du weiter so schreist«, sagte ich.

»Okay. Lassen wir das unerfreuliche Thema. Aber eines muß ich euch noch erzählen: Angeblich hat die alte Frau Grün selbst –«

»Was ist denn hier los?« Vater trat aus dem Haus, und Mutter folgte ihm auf dem Fuß.

»Lucy, was machst du denn hier?« Mutter war nicht gerade begeistert, als sie mich sah. »Ich dachte, du seist längst im Bett.«

»War ich auch fast, aber dann ich habe in Frau Grüns Garten zwei Typen herumschleichen sehen –«

54

Mutter horchte auf, und ihr Interesse konzentrierte sich jetzt mehr auf die vermummten Gestalten als auf Daniel und mich.

Wir berichteten von der unheimlichen Kanisteraktion, unterschlugen allerdings, daß wir uns beide unter der Trauerweide niedergelassen hatten. Auch Olli hielt dicht.

Mutter wandte sich an Vater. »Max, so hysterisch, wie du immer glaubst, bin ich nicht. Es gibt einfach maßlos viele Ganoven der schlimmsten Sorte. Und einige davon leben offenbar in unserer unmittelbaren Nähe.«

»Wenn das mit dem Unkraut-Ex wahr ist –« Vater zog empört die Luft ein. Das geplante Vergiften der Bäume war ihm nahegegangen, man hörte es seiner Stimme an. »Wenn sich das als wahr herausstellen sollte, dann ist das ein bitterer Schlag gegen meinen Glauben an die Menschheit.« Er drehte sich um und ging um die Hausecke Richtung Teich, obwohl es für eine Gartenbegehung wirklich eine ungewöhnliche Zeit war.

Den Teich gab es inzwischen tatsächlich, und er sah aus, als träume er schon seit Beginn der Jahrhundertwende vor sich hin. Vater hatte wirklich eine Meisterleistung vollbracht. Der Teich war nur ein paar Quadratmeter groß, und Vater hatte ihn mit alten Ziegelsteinen eingefaßt, die er vor Ollis und Annas Einzug oben auf dem Dachboden gefunden und rechtzeitig, bevor dort alles vollgestellt wurde, heruntergeschleppt hatte. Einige Pflanzen lebten bereits im Wasser und schienen sich wohl zu fühlen. Isabelle hatte zum Teich-Einweihungsfest einen dicken Goldfisch mitgebracht und Daniel kurz darauf einen zweiten. »Auch ein Fisch sollte nicht allein durchs Leben gehen«, verkündete er.

»Wenn du einmal einen Freund hast«, Anne hatte sich mir bei diesem Fest lachend zugewandt, »muß er verdammt aufpassen, daß er nicht in den Teich fällt, wenn er bei dir fensterln will.«

»Ich gehe ganz normal zur Tür hinein«, hatte Daniel statt meiner geantwortet. Anne bekam kugelrunde Augen vor Erstaunen. Daß wir das Kriegsbeil begraben hatten, wußte sie, daß aber auf dieser *Kriegsbeilgedenkstätte eine junge Liebe sproß*, wie Isabelle spöttisch bemerkte, kam ihr gerade erst zu Bewußtsein.

Unsere Gartenbewohner hatten den Teich schon voll akzeptiert. Mehrere Igel gaben sich dort bei Dunkelheit ihr Stelldichein, Libellen schwirrten über die Wasseroberfläche, und selbst ein Entenpärchen war vom Heidekanal herübergeflogen. Ihnen hatte aber zum Glück der Teich nicht gefallen. Nach drei Tagen zogen sie weiter. Darüber waren wir nicht unglücklich, denn die beiden hatten gehaust wie die Vandalen und nicht nur auf jeden Quadratzentimeter unserer kleinen Terrasse etwas fallenlassen, sondern auch noch stundenlang so laut geschnattert, daß wir alle mit den Nerven am Ende waren.

»Langsam reicht's wirklich!« Die Enteninvasion brachte Mutter richtig in Rage. »Die Katze schreit pausenlos, für Lucys Hamster hat die Hausgemeinschaft viele Stunden ihrer Lebenszeit drangegeben – und nun noch diese Enten!«

Nun, die Enten verließen uns wieder, nicht so Pummel der Letzte. Er brachte uns wirklich alle auf Trab. Er schaffte es immer wieder auszubüchsen und auf Wanderschaft zu gehen. Einmal war er sogar unter die Dielenbretter gekrochen. Nicht um alles in der Welt wollte er darunter hervorkommen, weshalb ein Teil der endlich neuverlegten Böden wieder herausgerissen werden mußte. Ein andermal war er hinter dem Kühlschrank verschwunden, vergnügte sich dort mit allerlei Kabeln und brachte damit die gesamte Elektrik des Hauses zum Erliegen.

Nach dieser Untat war Pummel der Letzte zwei Tage verschollen gewesen. Als wir schon fast die Hoffnung aufgegeben hatten, ihn jemals wiederzufinden, entdeckten wir ihn im Bad an einer Stelle, an die wir nicht gedacht hatten. Offenbar war er an einem Handtuch hochgeklettert und von dort aus geradewegs in den Abfallkorb gestürzt. Trotz seiner Schwäche war er so empört, als ich ihn in seinen Käfig setzte, daß er mich in den Finger biß.

Das schlimmste aber war, daß Mutter wegen Pummel dem Ersten keine ruhige Minute mehr hatte. »Wenn dieses Untier einmal den Weg auf den Dachboden hinauf findet und dort oben über die Elektrik herfällt, dann ist die Scheiße am Kochen«, orakelte sie.

»Am Kochen wohl nicht mehr«, widersprach Vater. »Sie verdampft im Bruchteil einer Sekunde.«

8

Im Moment dachte aber niemand an Pummel den Letzten, obgleich der bereits wieder zu neuen Untaten unterwegs war, wie wir leider später feststellten. Wir alle, Mutter, Olli, Daniel und ich, waren Vater zum Teich gefolgt. Es war die erste wirklich milde Nacht in diesem Jahr.

»Die Welt könnte so herrlich sein, wenn es nicht dermaßen viele Menschen gäbe, die sie um des lieben Geldes willen vergiften, verpesten und kaputtmachen«, klagte Olli. »Und wie kommt es, daß diejenigen, die es verhindern wollen, so wenig bewirken?«

»Weil sie zu anständig sind«, antwortete Mutter. »Zu skrupulös. Umweltschützer müßten genauso brutal sein wie Umweltzerstörer. Erst dann gäbe es eine Chance für die Erde. Aber ich weiß ja, daß das unsinnig ist. Brutale Umweltschützer gibt es nicht, sonst wären sie einfach keine.«

»Na ja – da mußt du deine Meinung wohl revidieren«, erwiderte Vater. »Ich denke da an so manche fragwürdige Aktionen von Umweltschützern in letzter Zeit.«

Mutter ließ sich nicht beirren. »Ausnahmen bestätigen eben die Regel.«

»Wenn die Bäume drüben in Frau Grüns Garten gefällt werden, will ich nicht hier sein«, beendete ich ihre fruchtlose Diskussion. »Das kann ich nicht ertragen.«

»Wie bei einer 38fachen Hinrichtung wird das sein.« Mutter hatte die Bäume bereits gezählt.

»Viele Religionen sehen in den Bäumen die ältesten Vorfahren der Menschen. Alte Bäume wurden bei zahlreichen Völkern sogar als Gottheiten verehrt«, erzählte Daniel. »Zumindest hatten sie eine enorme Bedeutung.«

»Ja, du hast recht. Man braucht ja nur an den Baum des Paradieses in der Bibel oder an den unsterblichen Baum im Gilgamesch-Epos zu denken.« Mutter nickte.

»Für das Geheimnis des Lebens ist und war der Baum immer schon Gleichnis und Symbol zugleich.« Auch Vater wurde jetzt philosophisch. »Darüber ist schon viel Gelehrtes geschrieben worden.«

»Wer von euch hat denn Goethes Werther im Kopf?« fragte Daniel. »Wir lesen den nämlich gerade mal wieder. Werther ruft da einmal voller Empörung aus: ›Abgehackt! Ich könnte verrückt werden und den Hund ermorden, der den ersten Hieb getan hat!‹«

»Auf wen oder was bezieht er sich denn da?« fragte Mutter.

»Auf zwei große alte Nußbäume, die auf Befehl der Pfarrfrau gefällt werden mußten.«

»Solche Banausen gab es einfach schon immer«, sagte Olli zornig.

»Können wir denn gar nichts gegen das Abholzen da drüben in Frau Grüns Garten unternehmen?« Daniel schaute in die Runde.

»Wir sind ja keine direkten Nachbarn und können deshalb nicht einmal gegen die Baugenehmigung Einspruch erheben«, antwortete Mutter. »Aber zum Bauamt gehe ich trotzdem. Zumindest ist es die richtige Stelle, um meinen Ärger abzulassen. Das entlastet.«

»Was bequatscht ihr denn da mitten in der Nacht?« Anne sah von ihrem Küchenfenster auf uns herunter.

»Wir machen ein kleines brain-storming wegen Frau Grüns Garten«, antwortete Mutter friedlich. »Komm, setz dich zu uns und gib deinen Senf dazu.«

»Haben wir nicht noch ein bißchen Kuchen übrig?« fragte Olli hoffnungsvoll.

»Aber klar doch. Ich bringe ihn mit.«

Schnell rannte ich auf den Dachboden und schrieb an Isabelle: »Komm zum Meeting an den Teich.« Ziemlich unsanft ließ ich den Korb gegen ihr geschlossenes Fenster sausen.

Ganz verschlafen schaute sie heraus. Ich winkte und zeigte in den Garten.

Mutter hatte noch eine Flasche Wein aus dem Keller geholt und für uns »Kinder« eine Flasche Saft. Anne brachte außer ihrem Kuchen auch noch Brot und Käse mit. Vater, Olli und Daniel kümmerten sich um Sitzgelegenheiten, und ich stiftete die Festbleuchtung, nämlich zwei lila Kerzen aus meinem Zimmer.

»Richtig gemütlich ist es hier«, sagte Isabelle, als sie erschien.

»Kind, du bist ja ganz blaß, das sieht man sogar bei der Kerzenbeleuchtung.« Mutter betrachtete sie besorgt. »Gut, daß morgen die Ferien anfangen. Wie nett, daß wir sie alle zu Hause verbringen werden.«

»Die finanzielle Auszehrung macht's möglich«, sagte ich und erzielte einen ziemlichen Lacherfolg.

»Es lebe die Bruchvilla!« Olli hob das Glas. »Und jetzt hört alle gut zu! Ich will endlich meinen Knüller wegen der Baugenehmigung loswerden.«

Aus dem Dunkeln ertönte eine vorwurfsvolle Stimme: »Kein Mensch erzählt mir, daß hier ein Fest stattfindet.« Uta kam um die Hausecke. »Und meine beiden Kinder sind wirklich das allerletzte – sie halten es nicht für notwendig, kurz herüberzukommen, um mir das mitzuteilen!«

»Bis vor einer Minute hätte ich dir das nicht mitteilen können, weil du nämlich noch nicht da warst«, rechtfertigte sich Isabelle.

»Okay, okay, frau wird doch noch ein bißchen klagen dürfen, vor allem beim Gedanken an Frau Grüns Garten. Eigentlich müßten wir uns gegen den Kahlschlag wehren! Aber dazu ist Schwung nötig. Und den habe ich nicht mehr. Wenn ich an früher denke, an unsere Aktionen, an die Demonstrationen, an die –«

»Ja, ja, die guten alten 68er«, spottete Daniel.

»Spotte du nur!« sagte Uta gutmütig. Sie nahm sich einen Stuhl und setzte sich etwas abseits. »Leute, ich bin am Ende!« stöhnte sie. »Diese Abendschichten machen mich fertig.«

»Immerhin hatten wir damals noch die Hoffnung, daß die Welt zu retten sei«, nahm Mutter den Faden wieder auf. »Aber das war ein Trugschluß, wie sich jetzt herausstellt.«

»Verändern, neue Wege gehen – schon im kleinen ist das schwierig.« Olli seufzte leise. »Wenn wir nur unsere Hausgemeinschaft betrachten. Was wollten wir alles anders und vor allem besser machen als andere – und was ist? Immer wieder gibt es Streit wegen Kleinigkeiten –«

»Also Kleinigkeiten würde ich eure 101 Schränke nicht nennen«, warf Mutter ein.

»Na ja, ich kann es auch anders ausdrücken: Der Streit entzündet sich immer wieder an den unterschiedlichen Bedürfnissen.«

»Übertrag es ins Große«, sagte Isabelle. »Die einen wollen zum Beispiel immerzu mit dem Auto fahren, die anderen wollen gute Luft haben. Die einen wollen mit ihren Bauvorhaben viel Geld machen, die anderen wollen Bäume erhalten. Rose und Max wollen viel Platz im Haus haben, aber Olli und Anne wollen sammeln, es möglichst schnuckelig eng und gemütlich haben.«

»Isabelle hat recht«, stimmte Daniel seiner Schwester zu.

»Die meisten Leute haben es natürlich leichter als ihr. Sie wollen weder gut noch edel sein, sondern egoistisch ihre Interessen durchsetzen – wenn ihnen nicht überhaupt alles einfach egal ist.«

»Egoistisch sind wir auch«, sagte Mutter. »Der einzige Unterschied ist der, daß wir ein schlechtes Gewissen deswegen haben.« Alle lachten.

»Also Rose, ich möchte mich nicht einfach in den allgemeinen Egoisten-Topf werfen lassen«, kam Utas Stimme aus dem Hintergrund. »Was haben wir früher nicht alles erreicht! Damals strotzten wir allerdings vor Energie, hielten Konflikte besser aus, fanden Lösungen. Aber jetzt sind wir einfach erschöpft, einfach –«

»Genau das ist der Punkt, Uta«, fiel Mutter ihr ins Wort. »Genau das ist der Punkt. Und das wissen die auch –«

»Wer weiß was?« fragte Daniel.

»Zum Beispiel die Politiker, die unsere jetzige Regierung stellen. Die haben doch die Baulöwen und Spekulanten erst hochkommen und großwerden lassen. Gemeinsam mit ihnen betonieren sie jetzt eiskalt den Rest unseres Landes zu. Beton rein, Luft raus!«

»Rose, das ist entschieden zu einseitig«, entgegnete Vater. »Wenn mehr gebaut wird, können viele Familien aus öden Wohnblocks ausziehen –«

»Nein, da kann ich dir nicht recht geben«, widersprach Mutter. »In der Praxis sieht es doch so aus: Alteingesessene Mieter werden aus billigen Wohnungen hinaussaniert. Diese luxussanierten Wohnungen können sie sich anschließend nicht mehr leisten, und erst dann müssen sie notgedrungen in öde Wohnblocks ziehen. Und die Spekulanten verdienen doppelt und dreifach – an der Sanierung, Neuvermietung und dann meistens noch am sozialen Wohnungsbau. Da mischen die doch auch mit.«

»Du kannst nicht alle Politiker in einen Topf mit den Spekulanten werfen, Rose.«

»Tu ich auch nicht. Es gibt auch Politiker, die in Ordnung sind. Nur können die sich leider meistens nicht durchsetzen.«

»Wie seht ihr das, ihr Jungen?« fragte Vater. »Auch so negativ wie Rose?«

»Wenn ich es so sehen würde, müßte ich mich gleich am Kirschbaum von Frau Grün aufknüpfen«, sagte ich.

»Vielleicht hat Rose recht«, meinte Isabelle. »Aber unsere Generation muß ja noch ziemlich lang weiterleben. Und das Weiterleben möchte ich gern hoffnungsvoll gestalten.«

Ein leichter Wind bewegte die Zweige, und die Erde roch richtig nach Frühling. Nein, es ist nicht alles zu spät, dachte ich. Und Daniel sagte mit seiner warmen Stimme (wie hatte ich sie nur einmal kalt und spöttisch finden können?): »Ich glaube, daß vieles irreparabel dahin ist. Aber ich glaube auch, daß wir nicht ganz machtlos sind. Frau Grüns Garten können wir sicher nicht retten, aber vielleicht doch die Leute irgendwie –«

»Sensibilisieren, also auf die Probleme aufmerksam machen?« Vater sah ihn an.

»Ja, ihnen klarmachen, daß uns die Luft zum Atmen ausgeht, wenn es nur noch Beton und keine Bäume mehr gibt.«

»Dieses Thema hat einen Bart, der tausendmal um die Welt herumgeht«, sagte Anne.

»Aber das ist noch längst kein Grund, nicht immer wieder darauf hinzuweisen«, sagte Vater. »Und ob ihr es glaubt oder nicht: Obwohl mir das in tiefster Seele zuwider ist, steige sogar ich auf die Barrikaden. Morgen schreibe ich einen Brief an den Oberbürgermeister und bitte um

Auskunft, warum er sein Wahlversprechen, die Bäume zu schützen, gebrochen hat. Die Stadtverwaltung schafft es nicht, den Verkehr einzudämmen – und dann werden auch noch die Bäume exekutiert.«

»Erster Schritt: dein Brief, Max«, sagte Olli lebhaft. »Zweiter Schritt: Wir senden von diesem Brief Kopien an alle Stadträte und an die Zeitungen.«

»Eine weitere Aktion könnte sein«, schlug Mutter vor, »daß wir aus den Fenstern riesige schwarze Tücher hängen, und zwar mit so vielen weißen Kreuzen darauf, wie uns gegenüber Bäume gefällt werden.«

»Und wo wollt ihr die schwarzen Tücher herbekommen?« fragte Anne mißtrauisch.

»Natürlich aus einem eurer unzähligen Koffer auf dem Dachboden«, antwortete ich.

»Schwarzes Zeug ist nicht dabei«, wehrte Anne ab.

»Brauchen wir auch nicht«, beruhigte sie Isabelle. »Lucy und ich sind unschlagbar im Färben. Deine alten Leintücher wirst du nicht mehr wiedererkennen, wenn wir sie einmal in den Fingern hatten.«

»Und meine arme Waschmaschine auch nicht«, stöhnte Uta.

»Bringen wird ein solcher Protest letzlich zwar wenig«, sagte Olli. »Denn Nutzbäume – Äpfel, Zwetschken, Kirschen – sind alle zum Abschuß freigegeben; da drüben fallen nur zwei Bäume unter den Baumschutz, nämlich die Buche und die Trauerweide. Aber wenigstens haben wir nicht nur blöd zugeschaut.«

Langsam wurde es kühl. Wir standen auf.

»Bleibt noch einen Moment! Denn jetzt kommt der Knüller, den ich schon den ganzen Abend loswerden will.« Olli blickte in die Runde. »Bei meinen Nachforschungen im Stadtbauamt wegen der dubiosen Baugeneh-

64

migung hat mir der zuständige Sachbearbeiter am Telefon erzählt, daß die alte Frau Grün angeblich selbst noch die Pläne eingereicht hat. Und das schon vor längerer Zeit. Wie findet ihr das?«

»Die müssen sich geirrt haben«, erklärte Mutter. »Nie hätte Frau Grün in einem anderen Haus wohnen wollen. Das hat sie immer gesagt. Und sie hatte auch nicht vor, ins Altersheim zu gehen. Darüber haben wir nämlich noch kurz vor ihrem Tod gesprochen.«

»Die Baugenehmigung liegt vor. Daran läßt sich nicht rütteln.«

»Vielleicht kannten wir Frau Grün doch nicht so gut, wie wir dachten«, wandte Vater ein.

»O doch, wir kannten sie sehr gut. Und deshalb glaube ich auch nicht an diese Baugenehmigung«, sagte Mutter entschieden. »Olli, wie heißt nun eigentlich der gute Mann, der für unsere Gegend zuständig ist? Danach wolltest du dich doch erkundigen.«

»Montag heißt er.«

»Lucy, zu dem gehen wir morgen und nehmen ihn in die Zange!« sagte Mutter mit kämpferischem Unterton.

»Was war denn das?« rief Vater. Urplötzlich war es im ganzen Haus stockdunkel geworden.

»Irgend jemand hat das Licht ausgemacht«, sagte Mutter.

»Geist oder Einbrecher, das ist hier die Frage«, flüsterte Isabelle.

»Weder das eine noch das andere!« sagte ich. »Pummel ist unterwegs!«

»Das darf nicht wahr sein!« Vater ließ resigniert die Schultern fallen. »Das gibt mal wieder eine schlaflose Nacht.«

9

Das Wetter hatte umgeschlagen, und es war elend frisch geworden.

»Hoffentlich kommen nicht noch die Eisheiligen«, sagte Vater beim Frühstück. »Irgendwie hatte ich gehofft, sie blieben dieses Jahr aus. Wenn nicht, müssen wir die ganzen Topfpflanzen wieder ins Haus hereinholen, bevor wir starten.«

»So kalt wird es bestimmt nicht mehr«, meinte Mutter. »Ruh du dich an deinen paar freien Tagen lieber aus, anstatt Blumenkübel hin und her zu schleppen. Du hast dir sowieso schon die halbe Nacht mit diesem unseligen Hamster um die Ohren geschlagen.« Kurz bevor der Morgen graute, hatte Vater Pummel in einer Vorratsschublade gefunden.

»Bei boshaften Eisheiligen hat es schon manchmal Frost gegeben«, beharrte Vater. »Ich trau dem Frieden nicht.«

»Nach uns die Sintflut!« Mutter stand voller Tatendrang auf. Sie, Vater, Anne und Olli wollten für einige Tage an die See fahren. Ein gemeinsamer Freund feierte seinen vierzigsten Geburtstag. Weil die Schulferien bis dahin schon wieder vorbei waren, konnte ich nicht mit. Auf besonderen Wunsch von Mutter sollte ich die Tage, die sie unterwegs waren, drüben bei Uta, Isabelle und Daniel verbringen. Unser Haus könne man nicht richtig abschließen, sagte sie, und Einbrecher müßten nicht einmal besonders gerissen sein, um hereinzukommen, und überhaupt hätte sie keine Ruhe wegen der permanenten Brandgefahr –

»Eisheilige und Reise hin oder her«, sagte ich. »Jetzt

möchte ich endlich zur Baubehörde gehen. Wozu bin ich denn sonst so früh aufgestanden?!«

Die Baubehörde residierte in einem nagelneuen Glasbau. Vom Pförtner wurden wir ins oberste Stockwerk geschickt. Vor der Tür saßen schon einige Leute, die offenbar auch zu Herrn Montag wollten.

»Du beobachtest ihn genau«, schärfte mir meine Mutter ein, als wir an der Reihe waren. »Ich laß mir also zuerst einmal erzählen, wie das mit einer Genehmigung für einen Wintergarten ist, und dann frage ich ganz scheinheilig, wieso es eigentlich mit der Baugenehmigung uns gegenüber so sagenhaft schnell funktioniert hat.«

Ich erkannte ihn sofort. Die eigentümlichen O-Beine und der katzenartige Gang, der mir damals an dem Abend aufgefallen war, als er sich vom Kirschbaum gelöst hatte und in Frau Grüns Garten lief, verrieten ihn. Von seinem Gesicht, das durch die Blätter auf mich herabgestarrt hatte, war damals natürlich so gut wie nichts zu sehen gewesen. Aber er mußte mein Gesicht recht gut erkannt haben. Auf jeden Fall verrieten mir seine Augen, daß er wußte, wen er vor sich hatte.

»Sie wünschen?« fragte er Mutter. Er kam vom hinteren Teil des Raums, wo die Stadtpläne in Großformat hingen, auf uns zu und blieb vor dem hohen schmalen Tisch stehen, der wie eine Barriere zwischen Antragstellern und Beamten wirkte.

»Eine Auskunft«, antwortete sie. »Wir möchten an unser Haus einen Wintergarten anbauen. Wie sieht es da mit einer Genehmigung aus? Und wie lange dauert es, bis man sie bekommt?«

»Die Genehmigung hängt von mehreren Faktoren ab«, antwortete Herr Montag. »Vor allem muß der vorgeschriebene Abstand zum Nachbargrundstück eingehalten werden. Und der Wintergarten muß zu den Bauten der Umgebung passen. Die Genehmigungszeit kann bis zu einem Jahr dauern.«

»Interessant, daß sich der Anbau der Bausubstanz der Gegend anpassen muß. Uns gegenüber soll nämlich ein Monstergebäude hingestellt werden, das wirklich nicht dorthin paßt.«

»Wo wohnen Sie denn?« Jetzt sah mich Herr Montag an. Und dieser Blick ließ mir einen Schauer über den Rücken laufen. Er war von einer Kälte wie der Mond im Winter.

»Wir wohnen in der Heidestraße«, antwortete Mutter.

Herr Montag schien kurz über die Heidestraße nachzudenken.

»Sie haben recht«, gab er schließlich zu, »das Gebäude wird wesentlich größer als alle anderen in der Umgebung. Genau aus diesem Grund erinnere ich mich auch an die Genehmigung. Aber Sie wissen sicher so gut wie ich, daß Wohnraum geschaffen werden muß. Die soziale Notlage vieler Menschen zwingt uns zu diesem Schritt. Mir ist klar, daß die *Nachverdichtung,* wie wir das nennen, umstritten ist, aber trotzdem hat diese Maßnahme bereits —«

»Sie wollen mir doch nicht weismachen«, Mutter erhob ihre Stimme, »daß in diese Singleburgen, die da genehmigt werden, auch nur eine sozial schwache Familie einzieht. Es dürfte Ihnen auch bekannt sein, was diese Ein- bis Zweizimmerwohnungen kosten, nämlich sechshunderttausend bis neunhunderttausend Mark! Und für diese häßlichen und protzigen Kolosse werden die alten Gärten zuerst einmal kahlgeschoren und dann die Grundstücke in voller Länge und Breite unterhöhlt. Meistens bleibt nicht einmal mehr Platz für den Alibi-Buschrand übrig.

68

Aber noch einmal: Wer sich eine solche Wohnung leisten kann, ist wahrlich kein Sozialfall!«

»Das sicher nicht.« Herr Montag erhob seine Stimme um keine Nuance. »Aber jede Wohnung, den diese Besserverdienenden – oft eben Singles – freimachen, ist Wohnraum für Wohnungsuchende.«

»Ihr Argument ist umwerfend einleuchtend.« Mutters Tonfall klang höhnisch. »Sie behaupten also, daß Leute, die sich eine Zweizimmerwohnung zu einer halben bis einer Million leisten können, vorher in Wohnungen gelebt haben, die vierhundert Mark im Monat kosten.«

»Warum nicht?« sagte Herr Montag. »Und Sie wohnen ja offensichtlich auch recht hübsch. Gönnen Sie anderen doch ebenfalls eine Wohnung in dieser Gegend.«

»Daß heutzutage gebaut werden muß, ist klar, aber daß dabei alles abgeholzt wird, das ist eine Sauerei!« Mutter schlug mit der Faust auf den Tisch. »Aber wenn wir schon dabei sind, dann erklären Sie mir doch auch noch«, fuhr sie erregt fort, »wieso diese Baugenehmigung mit allem Drumherum in offenbar affenartiger Geschwindigkeit erteilt wurde, ein lächerlicher Wintergarten aber eine Genehmigungszeit von einem Jahr erfordert, wie Sie behaupten.«

»Verschiedene Projekte –«, fing Herr Montag an. Er überlegte es sich anders und fuhr fort: »In dem von Ihnen angesprochenen Fall wurde die Genehmigung nicht in affenartiger Geschwindigkeit erteilt, wie Sie sich ausdrückten, sondern die frühere Besitzerin hat meines Wissens das Ganze vor ihrem Ableben noch selbst in die Wege geleitet.«

»Sie scheinen aber, gerade was diesen Fall anbelangt, hervorragend informiert zu sein.« Mutter sprach nun sehr leise. »Zufällig kannten wir aber die Dame sehr gut. Nie wäre es ihr eingefallen, selbst das Grab für ihren Garten zu schaufeln!«

»Was wollen Sie damit sagen?« fragte Herr Montag ebenso leise.

»Ich will damit sagen«, antwortete Mutter, »daß die ganze verdammte Chose zum Himmel stinkt.«

»Hüten Sie sich vor übler Nachrede!« Herr Montag flüsterte jetzt beinahe. »Manch einer saß deswegen schon schneller im Gefängnis, als er sich träumen ließ.«

»Danke für Ihren Hinweis!« Mutter drehte sich um und strebte der Tür zu. In diesem Moment schaute mir Herr Montag nochmals direkt ins Gesicht. Und aus seinem Blick sprach soviel Haß, daß es mir vor Entsetzen fast den Boden unter den Füßen wegzog.

»Dieses Ekel«, rief Mutter, als wir die Treppe hinuntergingen. »Hast du sowas schon mal gesehen? Augen wie ein toter Fisch.«

Der Vergleich stimmte. Das erschreckende war, daß sich seine Augen kaum bewegten. Sie schienen starr in ihren Höhlen zu sitzen.

»Mama«, sagte ich, »Herr Montag ist der Alptraum von Frau Grün. Ich habe ihn wiedererkannt, nicht am Gesicht, sondern an seinem Gang. Und auch er hat mich erkannt. Ich habe Angst vor ihm.« Dann fing ich zu heulen an.

10

Isabelle schleppte gerade ihre Großmarkteinkäufe ins Haus, als wir vom Bauamt zurückkamen. Daniel, der schon vom Handballtraining zurück war, half ihr.

»Wie war's?« fragte Daniel und kam auf mich zu. Doch bevor ich etwas sagen konnte, rief Isabelle: »Lucy, du siehst ja aus wie eine Wasserleiche!«

»Vielleicht findet ihr mich ja auch eines Tages mausetot mit aufgeblähtem Bauch in unserem Teich!« Schon wieder kamen mir die Tränen.

»Lucy meint, der Sachbearbeiter Montag vom Bauamt sei der Alptraum von Frau Grün«, erklärte Mutter. »Wenn dem so ist, wäre er natürlich auf Lucy nicht gut zu sprechen. Schließlich weiß er, daß sie ihn gesehen hat. Vorhin sind wir noch schnell bei Olli in der Redaktion vorbeigegangen. Er will sehen, ob er etwas über diesen Herrn in Erfahrung bringen kann.«

Mutter ging ins Haus. Noch auf der Straße hörten wir sie »Max!« rufen.

»Warum glaubst du, daß er Frau Grüns Alptraum ist?« fragte Daniel.

»Lucy hat ihn doch auf dem Baum sitzen sehen«, antworte Isabelle für mich.

»Gut, aber Lucy hat zum einen von unten nach oben geschaut, da ist ein Gesicht doch ziemlich verzerrt, und zum anderen war es trotz Straßenbeleuchtung ziemlich dunkel.«

»Ich habe ihn nicht an seinem Gesicht, sondern an seinen O-Beinen und seinem Gang wiedererkannt. *Er* wußte aber auch gleich, wer ich bin. Das habe ich an seinen Augen gesehen. Sein Blick war ein einziger Horror!«

Tröstend legte Daniel den Arm um mich. Und Isabelle meinte, daß sie schon dafür sorgen würde, daß ich auf andere Gedanken käme. »Heute abend fange ich gleich damit an. Du kommst doch mit zu Markus – oder? Die Party wird bestimmt gut, und du wirst von deinen Sorgen ein bißchen abgelenkt.«

»Ja, das ist jetzt wirklich das wichtigste«, bestätigte Daniel. »Beschreib mir diesen Bauamts-Typen jetzt ganz genau, damit ich ihn rechtzeitig erkenne – falls er wieder einmal auftauchen sollte.«

»Von hinten sieht er aus wie eine rachitische Katze – aber trotzdem bewegt er sich unglaublich geschmeidig.«

»Und sein Gesicht?« fragte Isabelle.

»Sein Gesicht? Es ist bleich, und die Augen darin sind wie die eines toten Fischs. Und dann hat er auch noch eine sehr ausgeprägte Nase. Einen ziemlichen Zinken.«

»Der Mann meiner Träume«, murmelte Isabelle und ging mit mehreren Tüten und Taschen beladen ins Haus.

»Und obgleich er so abstoßend aussieht, hat er trotzdem etwas –«

»Anziehendes?« fragte Daniel.

»Anziehend nicht im üblichen Sinn«, antwortete ich. »Aber er ist irgendwie faszinierend. Man muß immer wieder hinschauen –«

»Bitte zum Essen kommen!« rief Uta aus dem Küchenfenster.

»Bis später, Lucy«, brüllte Isabelle von irgendwo aus dem Haus.

Daniel strich mir über den Rücken. »Ohren steif halten! Und denk daran: Jeder Verdächtige wird von mir genau observiert.«

Olli war noch nicht daheim, als mich Isabelle und

Daniel abholten. Deshalb konnte ich ihnen auch noch keine neuen Einzelheiten über Herrn Montag berichten, als sie mich danach fragten.

»Ist vielleicht ganz gut so«, meinte Isabelle, »wer weiß, was alles herausgekommen ist. Denk heute abend einfach nicht mehr an den ganzen Mist.«

Ich versuchte es, doch ganz gelang es mir nicht. Hätte es diesen Typen nicht gegeben, wäre ich restlos glücklich gewesen!

Rainer war übrigens auch da, diesmal allerdings ohne Gitarre, dafür mit dem Mädchen, wegen dem er mich das letzte Mal sitzengelassen hatte. Irgendwann am Abend standen Daniel und er kurz nebeneinander. Rainer schnitt gegen ihn miserabel ab. Mit Blindheit mußte ich damals geschlagen gewesen sein!

Isabelle und Markus betätigten sich als Disc-Jockeys. »Legt doch bitte mal einen Tango auf!« rief ich ihnen zu.

»O nein, nicht diesen altmodischen Quatsch!« jaulte Susan, ein Mädchen aus Isabelles Klasse, die gerade vorbeistöckelte, als die ersten Takte erschallten.

»Keiner zwingt dich zum Tangotanzen«, beruhigte sie Markus. Und schon schritten er und Isabelle hoheitsvoll wie ein argentinisches Tänzerpaar in die Mitte des Raums und legten einen Tango aufs Parkett, daß es den meisten vor Bewunderung fast die Schuhe auszog. Beim nächsten Tango probierten es alle. Auch Daniel und ich. Bei diesem Tanz dachte ich keine Sekunde mehr an Herrn Montag, sondern nur noch an uns.

»Gehen wir ein bißchen raus?« fragte Daniel und wischte sich den Schweiß von der Stirn.

Wir verließen das Haus über die Terrasse und hielten im Garten Ausschau nach Sternschnuppen. Die Wolken hatten sich verzogen, aber es war immer noch kalt.

»Sternschnuppen fallen nur in lauen Sommernächten«, sagte ich. Aber Daniel glaubte es nicht. Er meinte, in lauen Sommernächten sei man abends nur mehr draußen und verpasse sie deshalb nicht.

Er hatte recht, denn gerade sauste eine Sternschnuppe über den Himmel. Schnell legte ich Daniel die Hand auf den Mund.

»Was hast du dir gewünscht?« fragte er.

»Kann ich dir nicht verraten«, antwortete ich. »Aber vielleicht kannst du's dir denken.«

Bevor wir wieder hineingingen, holte ich noch rasch meinen Pullover, den ich auf den Gepäckträger des Fahrrads geklemmt hatte. Genau da, wo mein Rad am Zaun lehnte, nur auf der anderen Seite, parkte ein Wagen. Darin saß ein Mann. Ich war mir sicher, daß es Herr Montag war. Der Wagen war verschwunden, als ich mit Daniel zurückkam.

Die Freude an dem Fest war mir total verdorben. Daniel wäre zwar gern noch geblieben, aber er begleitete mich ohne Murren nach Hause. Wir fuhren die Abkürzung durch den Stadtpark und dann am Fluß entlang. Diese Strecke ist zwar die kürzeste, doch an einer Stelle, wo es die Böschung hinuntergeht, recht steil. Und erst da merkte ich, daß ich nicht mehr bremsen konnte. Schreiend fuhr ich auf den Fluß zu, rammte kurz davor eine kleine Mauer, flog Hals über Kopf vom Rad und versank im Wasser.

Der Fluß ist tief und hat eine starke Strömung, doch ich kann recht gut schwimmen. Daniel hievte mich ans Ufer. Getan hatte ich mir nichts, aber wir waren beide so geschockt, daß wir uns zuerst einmal nur stumm gegenüberstanden. Daniel tröstete mich, so gut es ging, und bei dieser Gelegenheit wurde auch er pitschnaß. Wir froren beide entsetzlich und machten uns schleunigst auf den Heimweg. Mein verbeultes Rad schob ich nebenher.

»Lucy ist keine Hysterikerin, Max«, hörte ich Mutter sagen. Sie und Vater unterhielten sich darüber, ob es – wie ich vermutete – einen Zusammenhang zwischen der Gestalt im Auto und der defekten Bremse an meinem Fahrrad gab. Weil die Tür zum Eßzimmer nur angelehnt war, hörte ich zufällig ihr Gespräch.

»Schön und gut«, sagte Vater. »Aber wenn dieser Autofahrer wirklich Herr Montag gewesen sein sollte, muß er enorm schnell ein Riesenprogramm abgespult haben. Gestern abend hat ihn Olli ausführlich zu Gesicht bekommen. Er hat ihn sich extra zeigen lassen. Hat Olli dir das nicht erzählt? Er war für die Zeitung bei der Einweihung des neuen Bürogebäudes der Baubehörde. Die Festlichkeiten zogen sich bis spät in den Abend hinein. Und Olli blieb lang und sagte, auch Herr Montag wäre bis zum Schluß geblieben.«

»Er hätte zwischendurch abhauen können, Lucys Bremsen demolieren, zurückkommen –«

»Aber Rose, warum hätte er das tun sollen? Von Olli haben wir erfahren, daß Herr Montag zwar kein angenehmer Zeitgenosse ist, aber nicht den geringsten Grund hat, ihr aufzulauern. Nach menschlichem Ermessen hat er so wenig mit Frau Grüns Alptraum zu tun wie wir. Die Bremsen eines Fahrrads können ja auch so einmal nicht funktionieren. Und wenn du nicht in der Nacht, als du bei Frau Grün geschlafen hast, diesen merkwürdigen Menschen gesehen hättest, würde ich langsam an der ganzen Alptraumgeschichte zweifeln. Und es gibt einfach unendlich viele Männer mit O-Beinen, ausgeprägter Nase und starrem Blick. Heute früh beim Einkaufen habe ich mir einige Herren diesbezüglich etwas näher angeschaut. Lucy hat den Mann gestern nacht ja nicht einmal laufen sehen. Eine Sekunde lang hat sie aus irgendeinem Autofenster heraus ein Gesicht angestarrt. Und schon ist sie überzeugt –«

»Nach menschlichem Ermessen«, fiel ihm Mutter ins Wort. »Was besagt das schon. Gut, gegen Herrn Montag lag nie etwas vor. Er ist nach der mittleren Reife von der Schule abgegangen und hat bei der Stadt zu arbeiten angefangen. Inzwischen ist er Sachbearbeiter. Aber etwas Auffälliges gibt es doch: Seinen Hang zu teuren Autos. Er fährt angeblich einen nagelneuen Nobelschlitten der Marke –«

»– und darin saß er nicht, als Lucy ihn gesehen haben will. Also! Genau das meine ich doch. Die Sache ist äußerst unwahrscheinlich. Wir sollten uns jetzt lieber einmal um unsere Baumaktion kümmern, als diesem nebulösen Alptraum nachzujagen.«

Mutter glaubte mir noch, Vater schon nicht mehr. Wie lange würden mir Daniel und Isabelle noch glauben?

»Lucy?« Mein Vater hatte mich gehört. »Bist du da irgendwo? Ja? Wie sieht es mit den Leintüchern aus? Habt ihr die schon gefärbt?«

»Nein, aber wir wollen es heute machen«, antwortete ich. »Die Farbe dafür haben wir schon.«

Die Leintücher wurden kohlrabenschwarz, und die weißen Kreuze, die wir darauf malten, sahen irre aus. Mit Großbuchstaben schrieben wir unter die Kreuze BAUM-STERBEN. Uta hatte ihre Küche für diese Aktion zur Verfügung gestellt. Damit wir auch genug Platz zum Malen hatten, wurden sogar Tisch und Stühle in den Gang ausquartiert.

Gleichzeitig knobelten Vater und Olli an einem Brief für den Oberbürgermeister, und Uta, Anne und Mutter fingen an, Spruchbänder an den Bäumen in Frau Grüns Garten zu befestigen. Sie hatten Texte draufgepinselt wie »Laßt mich leben« (für den Kirschbaum) oder »Warum das töten, was euch am Leben erhält?« oder »Woher holt ihr euch die Luft zum Atmen, wenn wir nicht mehr sind?«

Sobald die Farbe trocken war, hängten wir die schwarzen Tücher aus den Fenstern, die zur Straße hinausgingen. Weil es bereits dunkel wurde, konnten wir sie uns gar nicht mehr so richtig anschauen. Doch am anderen Tag waren wir von der Wirkung selbst überrascht. Auch die Bäume in Frau Grüns Garten sahen mit ihren Schärpen ganz verändert aus, richtig hoheitsvoll – wie mit Orden für besondere Verdienste dekoriert.

»Jeder Baum auf der Welt sollte eine solche Ehrenschärpe bekommen«, fand Isabelle. »Schließlich tun sie eine Menge für die Menschheit – weit mehr als die Menschheit für sie.«

Die schwarzen Tücher in Verbindung mit den noch lebenden, doch schon dem Tode geweihten Bäumen war unheimlich. Alle Menschen, die die Straße herunter- oder heraufkamen blieben stehen. Die meisten gingen bedrückt weiter, nur wenige schimpften auf die Idioten, die immer noch an die Umweltzerstörung glaubten, wo doch alles so toll lief. Ein Mann rief empört über den Zaun: »Spinner! Phantasten! Geht doch zurück in den Urwald! Affen zu Affen!«

Auf den Brief hin, den Vater und Olli verfaßt und von dem sie Kopien an alle größeren Zeitungen verschickt hatten, erschienen immerhin zwei Journalisten bei uns und berichteten über unsere Aktion im Lokalteil. Der eine schrieb, er könne gut verstehen, daß sich die Nachbarn wehrten, wenn ihre ach so wertvolle Wohngegend zubetoniert würde. Schließlich sei das ja eine Wertminderung. Die Proteste stünden wohl unter dem Motto: »Heiliger Sankt Florian, verschon mein Haus, zünd andere an.«

Der andere Journalist fand es gut und richtig, daß sich die Bürger endlich wehrten. Nicht gegen das Bauen an sich richte sich der Protest, sondern es ginge den Bürgern allein darum, daß bei der Planung Bäume erhalten blieben, was offensichtlich nicht oder nur in sehr geringem Maße geschehen sei. Auch finde er es mehr als merkwürdig, daß gerade die Naturschutzbehörde der Stadt, die für die Bäume zuständig sei, nur über einen einzigen Mitarbeiter verfüge, die Baubehörde jedoch über einige hundert. Offenbar handle man dort in Umkehrung des Luther-Zitats: »Und wenn morgen die Welt unterginge, so wollen wir doch heute noch unsere Bäume fällen!«

11

Ab der zweiten Ferienwoche, genauer gesagt ab einem Mittwoch um Mitternacht, überstürzten sich die Ereignisse. Es war, als wäre plötzlich ein Damm gebrochen. Eine Katastrophe jagte die andere.

Wie schon gesagt, Mittwoch um Mitternacht – ich schlummerte friedlich – riß mich eine Nachricht von Isabelle aus dem Schlaf. »Entschuldige, daß ich Dich wekke«, schrieb sie. »Aber als ich vorhin heimkam, schlich ein besonders O-beiniger Typ zu den Marders hinein. Mir ist fast das Blut in den Adern geronnen. Schau aus dem Dachbodenfenster. Vielleicht siehst Du ihn dort wieder herauskommen! Tschüs dann, ich bin saumüde und gehe jetzt sofort ins Bett!

P. S.: Du hast nicht viel versäumt. Ich habe mir das Restevertilgen und Aufräumen nach unserer Party eigentlich lustiger vorgestellt. Die zickige Tante (die mit dem Tango) war auch wieder da und hat rumgemeckert. Leider habe ich mich auch mit Markus wegen unserer Baumaktion angelegt, und Daniel war sowieso schlecht drauf, weil Du nicht da warst. Dein Bad im Fluß hat er noch nicht verwunden. Er übernachtet übrigens heute gleich bei Markus, weil sie morgen früh irgendwo Handball spielen.

P. S. 2: Wie geht es Deiner Erkältung? Gute Besserung!

P. S. 3: Ich freue mich schon auf die nächste Woche, wenn Du bei uns wohnst.«

Mir war schon wieder verdammt unheimlich zumute. Reiß dich zusammen! sagte ich mir. Bisher ist wirklich nichts passiert. Ich habe einen Mann in Frau Grüns Garten hineingehen und an einem anderen Tag einen Mann auf dem Kirschbaum sitzen sehen. Ich weiß nicht einmal

sicher, ob das ein und dieselbe Person war, denn die
O-Beine waren auf seinem luftigen Sitz mit dem besten
Willen nicht auszumachen.

Der Sachbearbeiter Montag im Baureferat hat aber den
gleichen Gang und die gleichen Beine wie der Typ damals
in Frau Grüns Garten. Da bin ich mir absolut sicher. Aber
Papa meint ja, ein Zehntel der männlichen Weltbevölke-
rung habe krumme Beine. Und Olli sagt, Herr Montag
könne mit dem Tod von Frau Grün nichts zu tun haben,
weil er angeblich keinen oder zu wenig Profit davon hat.
Er hätte aber einen, wenn er die Marders kennt und sie
ihm einen Teil ihres Gewinns an den verkauften Wohnungen versprochen haben – vorausgesetzt, er erledigt die
Sache mit der Baugenehmigung schnell und, wie man so
schön sagt, unbürokratisch. Also ohne Auflagen wie
Baumschutz undsoweiter. Wenn dem so ist, wäre Herr
Montag zwar bestechlich, aber noch lange kein Mörder.
Wenn er aber das Geld sehr nötig braucht, um sein teures
Auto zu finanzieren, hat er Frau Grün vielleicht doch
umgebracht. Denn erst nach ihrem Tod wäre er in der
Lage gewesen, den Marders behilflich zu sein. Zuerst die
stille Hilfe und dann das Bestechungsgeld.

Aber Marders vermakeln doch nur die Wohnungen.
Mit der Baufirma haben sie nicht unbedingt etwas zu tun.
Und warum nicht? Die klüngeln, wie Mutter sagte, alle
zusammen. So wird es sein.

Herr Montag hat mich erkannt, und er weiß, daß ich ihn
ebenfalls erkannt habe. Deshalb wäre es ihm natürlich
lieber, es gäbe mich nicht. Nicht umsonst hat er an meinen
Fahrradbremsen herummanipuliert. Warum aber sitzt er
dann in einem popeligen VW-Golf anstatt in seinem No-
belauto? Aus dem einfachen Grund, weil er nicht gleich
an seinem Superschlitten erkannt werden will.

Oder war es doch nicht Herr Montag? Nachts sind bekanntlich alle Katzen grau. Bin ich schon dermaßen durchgedreht, daß ich jeden zweiten Mann für Herrn Montag und damit für den mutmaßlichen Mörder von Frau Grün und meinen Verfolger halte?! Und ist Frau Grün überhaupt umgebracht worden? Wir nehmen es an, aber sie war ja wirklich nicht mehr jung und auch nicht gesund. Ganz abgesehen davon, hätte auch ein normaler kleiner Dieb auf dem Baum sitzen können oder ein Verrückter.

Warum ist Herr Montag jetzt aber bei den Marders? Und warum mitten in der Nacht? Warum auch nicht? Marders sind in der Baubranche tätig, Herr Montag letztlich auch. Und zu uns kommen auch oft spätabends Freunde.

Aber angeblich hat ja Frau Grün selbst die Pläne eingereicht. Das war mir ganz entfallen. Warum zum Teufel hätte er sie dann umbringen sollen? Weil die Sache getürkt und Frau Grün eben *nicht* auf dem Baureferat war. Mutter hat bestimmt recht. Vielleicht war es aber doch anders. Frau Grün war ja nicht verpflichtet, uns alles zu erzählen. Und woher sollte Herr Montag gewußt haben, daß Frau Grün ein so schwaches Herz hat, daß jede Aufregung sie umbringen konnte? Vielleicht wollte er von ihr nur eine Unterschrift erpressen. So könnte es gewesen sein. Oder auch nicht.

Haben die Marders vielleicht etwas mit Herrn Montag zu zun? Schließlich habe ich entdeckt, wie sie das Gift auf die Baumwurzeln kippten oder kippen wollten. Und es war tatsächlich Unkraut-Ex, hat Olli gesagt. Wieso eigentlich Marders? Wie komme ich darauf? Weil sie in etwa die gleiche Größe haben? Nein, die eine Figur hatte die Größe von Herr Montag. Herrn Montag? Die O-Beine hätte ich doch sofort erkannt. Konnte ich doch gar nicht, weil die Gestalten Mäntel anhatten.

Mir war es heiß und schwindlig. Das unfreiwillige Bad im Fluß brachte mir wohl mehr als nur einen Schnupfen ein. Sicher hatte ich Fieber, deshalb sah ich auch nur noch Gespenster. Wahrscheinlich war ich schon im Halbdelirium. Um mich herum drehte sich alles. Trotzdem schleppte ich mich hinüber zum Dachboden und sah zur Luke hinaus. Von da konnte man direkt auf das Haus von Marders schauen. Nach einer Weile öffnete sich die Eingangstür, jemand schlich heraus, huschte über die Straße und setzte dann mit einem Satz über unseren Gartenzaun.

Inzwischen war mir so sterbensübel, daß es mir wie eine Ewigkeit vorkam, bis ich unten im Wohnzimmer war. Vater saß noch dort und las. Erstaunt sah er von seinem Buch hoch.

»Im Garten ist der Mann –«, sagte ich mit letzter Kraft. Weiter kam ich nicht, weil ich mich einfach hinlegen mußte. Ein Schüttelfrost beutelte mich.

Kurz darauf kam Vater zu mir. Er hätte niemanden im Garten gesehen, sagte er. Mutter brachte mir Tee, Aspirin und eine Wärmflasche, aber all das bekam ich nur noch im Dämmerzustand mit.

Merkwürdig weißes Licht kam zum Fenster herein, als ich am nächsten Morgen aufwachte. Zuerst wußte ich überhaupt nicht, wo ich war. Es schneite! Flocke um Flocke schwebte herab. Mutter saß an meinem Bett. Sie legte ihre Hand auf meine Stirn: »Na, da hat es dich aber ziemlich erwischt. Die ganze Nacht hast du dich hin und her gewälzt. Du hast ordentlich Fieber, Lucy.«

»Schon möglich. Aber seit wann ist wieder Winter?«

»Seit heute früh um sieben. Die Eisheiligen haben uns

doch noch beehrt. Aber deinen Einbrecher haben wir gestern nacht nicht mehr gesichtet. Könnte das Fieber –?«

Erst jetzt fiel mir Isabelles Brief wieder ein und Herr Montag, der aus Marders Haustür gekommen war.

»Aber es war Herr Montag! Er kam von Marders und sprang über unseren Gartenzaun. Auch Isabelle hat ihn gesehen. Hältst du uns beide für hysterisch?«

»Nein, durchaus nicht«, antwortete Mutter. »Und ich bin sicher, daß Leute wie Marders und Montags vor nichts zurückschrecken, wenn es um Geld geht.«

Im Treppenhaus wurde es laut. »Vater schleppt die Pflanzen herein«, erklärte Mutter. »Es soll heute nacht Frost geben. Dieser plötzliche Wetterumschwung ist wirklich das allerletzte!«

Vater trug einen großen Blumentopf an meinem Bett vorbei und stellte ihn aufs Fenstersims.

»Wie geht's?« fragte er.

»Besser«, antwortete ich.

Besorgt betrachtete er mich. »Du solltest den Arzt holen«, sagte er zu meiner Mutter. »Mit so einer Sache ist nicht zu spaßen.«

»Die Grippe, oder was immer es ist, macht mir viel weniger aus als die Angst vor Herrn Montag.«

»Lucy, ich glaube einfach nicht daran, daß du verfolgt wirst und schon gar nicht von Herrn Montag.« Vater stand mit dem Rücken zum Fenster. Jetzt drehte er sich langsam um. »Weißt du eigentlich, daß Olli Herrn Montag an dem Abend, an dem du ihn im Wagen gesehen haben willst, auf einer Einweihungsfeier getroffen hat? An zwei Plätzen gleichzeitig kann auch der größte Halunke nicht sein. Denk mal lieber an etwas Erfreuliches. Zum Beispiel an Isabelle, die bereits nach dir gefragt hat. Du sollst dich rühren, wenn du dich dazu in der Lage fühlst. Und ich muß nun schleunigst meine Pflanzenrettungsaktion fortsetzen.« Er wandte sich Mutter zu: »Die Kälte ist bestimmt bald vorbei. Lange Zeit werden die Pflanzen weder das Treppenhaus noch die Wohnung blockieren – versprochen.«

»Was ist denn das für ein Geräusch?« Mutter horchte nach draußen.

»Anne hat einen neuen Schrank aufgestöbert, und er paßt weder auf den Dachboden noch in den Keller. Sie will ihn aber rasch herrichten und ihn dann verkaufen.«

»Sie kann ihn herrichten, wo sie will, aber bestimmt nicht vor meiner Wohnungstür!« Mutter ging hinaus. Ihre Worte waren bis in die Wohnung hinein klar und deutlich zu verstehen. »Eines Tages drehe ich durch«, sagte sie. »Ich kann dieses Chaos nicht mehr ertragen. Überall, auf allen Treppen und in jedem freien Winkel des Hauses, gammelt euer Zeug dahin. Als ihr eingezogen seid, habt ihr versprochen, es in absehbarer Zeit zu entsorgen. Seit damals ist reichlich Zeit ins Land gegangen. Ich habe die Schnauze gestrichen voll!«

Olli versuchte Mutter zu besänftigen. Man hörte es am Tonfall. Dann rumpelte es erneut. »Sie scheinen den Schrank fortzutragen«, sagte Vater.

Mutter kam zurück und setzte sich zu mir ans Bett. »Viel wichtiger als dieser blöde Schrank da draußen ist, daß du aufhörst, dir Sorgen zu machen. Und wichtiger ist außerdem, daß wir unsere Kraft und Zeit den Bäumen in Frau Grüns Garten widmen. Trotzdem: Bei aller Freundschaft zu Olli und Anne, so geht es nicht weiter!«

»Wo ist denn das Teil jetzt hingekommen?« fragte Vater.

»Sie haben es unters Vordach geschoben. Allerdings kommt man jetzt kaum mehr ins Haus. Und so, wie ich die Sache einschätze, wird das Schrankgerippe mehrere Jahre da draußen bleiben.«

»Ich kann deinen Ärger zwar nicht ganz verstehen, aber ich leide trotzdem mit dir.« Vater legte Mutter den Arm um die Schultern, und Mutter lächelte. Aber nicht lang. Denn draußen vor dem Haus begann ein Höllenlärm.

12

»Rose, Max!« Anne stürzte ins Zimmer. »In Frau Grüns Garten fangen sie schon mit dem Abholzen an!«

Vater nahm seinen Arm von Mutters Schulter und machte einen schnellen Schritt auf die Tür zu. Er übersah den Hohlraum an der nichtvorhandenen Schwelle, blieb mit der Schuhspitze darin hängen und stürzte. Als er fiel, hörten wir nicht nur die Bodenbretter ächzen, sondern auch seine Knochen. Weil die Kreissägen brüllten, konnten wir kaum verstehen, was er sagte, nämlich: »Wenn ich mir nur das Bein gebrochen habe, kann ich froh sein.«

Olli, der gleich hinter Anne ins Zimmer getreten war, rief einen Krankenwagen, Mutter holte ein Kissen und bettete Vaters Kopf darauf. Sie setzte sich neben ihn auf den Boden und hielt seine Hand. Ich stieg aus dem Bett und zog mich an. Kranksein konnte ich später noch. Jetzt war nicht der richtige Zeitpunkt dafür. Bald erschienen auch die Sanitäter. Entsetzt sahen Uta und Isabelle, die auf die Straße gekommen waren, Vaters Abtransport zu. Mutter fuhr gleich im Krankenwagen mit, Olli mit seinem eigenen Wagen hinterdrein. Wir anderen blieben völlig erschlagen zurück. Mutter rief uns noch etwas zu, doch wir hörten nur noch das Krachen des alten Apfelbaums, als er fiel.

»O Gott!« Isabelle hielt sich die Ohren zu. »Das alles ist ja nicht mehr zum Aushalten. Zuerst der Garten, dann Max. Sag, wie ist der Unfall denn passiert?«

Ich berichtete, und Uta rief voller Empörung: »Diese widerlichen Spekulanten! Letztlich haben sie auch diesen Unfall auf dem Gewissen. Zur ewigen Aufforstung sollte man sie verurteilen!«

»Zum Glück bist du wenigstens noch ganz, wenn auch vergrippt«, sagte Isabelle. »Plötzlich hatte ich Angst um dich. Mir ist gleich wieder der O-Beinige eingefallen.«

Von einer Sekunde zur anderen bekam ihr Gesicht einen total ungläubigen Ausdruck. An mir vorbei sah sie in den Garten von Frau Grün. »Mutter! Bist du wahnsinnig geworden!« schrie sie.

Uta hatte sich eine Wäscheleine geholt und band sich in dem Moment am Kirschbaum fest, als die Arbeiter ihm zu Leibe rücken wollten. Die Spruchbänder waren schon von den Bäumen gerissen worden. Drohend näherte sich der Vorarbeiter. »Machen Sie, daß Sie hier wegkommen!« brüllte er. »Das Betreten dieses Grundstücks ist verboten. Sehen Sie nicht das Schild! Raus hier oder ich hole die Polizei!«

»Zeigen Sie mir erst einmal die Genehmigung zum Fällen!« brüllte Uta zurück. »Na, wo ist sie denn? Her damit, wenn Sie eine haben!«

»Einen Dreck geht Sie die an!« Der Mann war purpurrot im Gesicht.

»Wenn Sie die Genehmigung haben, warum zeigen Sie sie nicht her? Das würde Ihnen eine Menge Ärger ersparen!« Anne kam Uta zu Hilfe.

»Die Genehmigung habe ich nicht hier!« sagte der Vorarbeiter etwas weniger grob.

»Auch gut«, entgegnete Anne. »Dann holen wir die Polizei. Denn was hier passiert, ist ein Skandal!« Sie wandte sich an mich: »Tu mir den Gefalen, Lucy, und ruf bei der Wache an. Die sollen bitte gleich kommen.«

Die nächste Polizeiwache war zwar nicht weit von uns entfernt. Aber daß ein Beamter nicht wie üblich mit Mercedes, sondern auf einem Fahrrad um die Ecke bog, erstaunte uns doch einigermaßen. Auch ihm konnte der

Vorarbeiter weder eine Abbruchgenehmigung noch die Genehmigung zum Fällen der Bäume vorzeigen.

»Die Sache ist ganz einfach«, erklärte der Beamte. »Wenn Sie das Papier nicht haben, können Sie hier nicht weitermachen.«

Er sah Uta an, die gerade ihre Wäscheleine zusammenrollte. »Ihren Mut bewundere ich zwar«, sagte er, »doch glauben Sie mir, dieser Baum hier wird abgeholzt, egal ob Sie dranhängen oder nicht. Nutzbäumen darf zu Leibe gerückt werden, auch den schönsten von ihnen. Vor kurzem hat unser Bürgermeister höchstpersönlich im Stadtrat mit seiner Stimme für diese Regelung den Ausschlag gegeben. Diese Entscheidung bedauere auch ich ungemein.«

»Sehr aufbauend sind Sie nicht gerade.« Uta lächelte ihn an. »Trotzdem ist es erfreulich, daß es Ordnungshüter gibt, die uns zumindest gedanklich unterstützen.«

»Ich habe Kinder«, sagte der Beamte leise. »Und ich frage mich oft, wie Politiker es rechtfertigen können, daß ihre Nachkommen keine Luft mehr zum Atmen haben, daß sie nicht mehr in die Sonne gehen können, weil die Ozonschicht zu dünn ist –, daß sie kein Wasser mehr trinken können, daß die Krebserkrankungen immer mehr werden – die Liste ließe sich endlos fortführen –« Er senkte den Kopf.

Mir war kalt und wieder schrecklich übel. »Ich muß wieder ins Bett, Isabelle«, sagte ich.

»Mach das. Nachher komme ich und schau nach dir.«

Olli fuhr vor, als ich gerade über die Straße wankte.

»Dein Vater hat sich das Wadenbein und den Knöchel gebrochen«, berichtete er. »Leider ziemlich kompliziert. Er wird operiert und muß dann mindestens vierzehn Tage im Krankenhaus bleiben. Und dann wird es sicher noch eine Zeit dauern, bis er wieder ordentlich auftreten kann.«

»Während du weg warst, hat sich hier auch einiges ereignet.« Anne schilderte anschaulich Utas Einsatz. »Eine Greenpeace-Aktivistin könnte es nicht besser gemacht haben. Und meinst du nicht, Olli, daß wir unbedingt noch im Bauamt anrufen sollten? Das hier kann doch unmöglich mit rechten Dingen zugehen.«

Die Abholzaktion sei illegal, verkündete Olli, als er nach seinem Telefonat wieder erschien. Die Baugenehmigung werde zwar aller Voraussicht nach in den nächsten Tagen erteilt, und weil die Firma dies wisse, hätte sie bereits mit dem Abholzen begonnen. Dies sei zwar nicht Rechtens, wie man ihm gesagt habe, aber eine gängige Praxis, gegen die das Bauamt normalerweise nicht einschreite. »Wissen Sie«, hatte Herr Montag zu Olli gesagt, »wegen dieser paar Tage machen wir uns doch nicht verrückt.« Als Olli dann aber von Herr Montag wissen wollte, ob die Arbeiter überhaupt wüßten, welche Bäume sie fällen dürften, wurde dieser ausgesprochen pampig. »Geradezu ausfallend.« Olli schüttelte den Kopf. »Entweder leiden wir langsam alle an Verfolgungswahn, oder aber —«

»Oder was?« fragte ich.

»Oder aber du hast mit deiner Angst wirklich recht, selbst wenn das neulich nicht Herr Montag war, der in seinem Wagen vor dem Haus von Markus stand.«

»Dann werde ich doch einmal die Personalien des Chefs hier aufnehmen!« Der Polizeibeamte machte sich ans Werk. »Heute passiert nichts mehr«, beruhigte er uns, »ich werde ein Auge auf den Garten haben. Und wenn dann die Baugrube ausgehoben wird, fahre ich ab und zu vorbei und passe auf, daß die Wurzeln der großen Bäume nicht gekappt werden. Das machen die Baufirmen gern.

Angeblich immer ganz aus Versehen. Je mehr Bäume eingehen, desto einfacher ist es für sie.«

»Wir sehen uns bald wieder.« Uta streckte dem freundlichen Polizisten die Hand entgegen. »Denn auch wir werden die Bäume nicht aus den Augen lassen.«

»Lucy, jetzt bist du immer noch da!« Isabelle betrachtete mich vorwurfsvoll. »Marsch ins Bett! Ich begleite dich rüber und rühre mich nicht von der Stelle, bis du unter deiner Decke verschwunden bist.«

13

Nach intensivem Zureden hatte sich Mutter doch entschlossen, mit an die See zu fahren. Er läge im Krankenhaus ganz gemütlich, meinte Vater, und der freundliche Polizeibeamte würde ja ein Auge auf Frau Grüns Garten haben, und ich wäre bei Uta hervorragend aufgehoben. Es gäbe also wirklich keinen Grund für sie, nicht zu verreisen.

Vor allem wegen mir machte sich Mutter die irrsten Gedanken. »Kann ich auch ganz sicher sein, daß du nicht allein hier im Haus bleibst?« fragte sie immer wieder.

»Ich schwöre es!« rief ich pathetisch aus.

Ein paar Tage richtig auszuspannen, hatte Mutter wirklich verdient, und ich drängte sie geradezu, endlich ihre Tasche zu packen. Allerdings war mein Drängen nicht ganz uneigennützig. Keinesfalls wollte ich die Zeit drüben mit Isabelle und Daniel ausfallen lassen.

»Also dann fahre ich«, sagte Mutter, »aber keinesfalls, wie vorgesehen, acht Tage. Ich komme übermorgen mit dem Zug zurück.«

Auch Olli fand das einen guten Kompromiß. »Ich denke, ein bißchen räumliche Distanz zu allem hier wird dir guttun, Rose. Aber noch etwas anderes: Endlich habe ich einmal Herrn Montags Chef erreicht. Der versicherte mir ebenfalls – wie auch schon Herr Montag –, daß es üblich sei, mit Rodung und Abriß anzufangen, bevor die Baugenehmigung vorliegt. Aber so sicher klang das diesmal nicht mehr, zumal ich ihm mitteilte, daß sich ein Kollege von der Zeitung schon seit längerem für dieses Thema interessiert.«

»Stimmt das mit dem Kollegen?« fragte Mutter.

»Ja. Er will auch ergründen, warum – entgegen des Stadtratsbeschlusses – Baugruben ausgehoben werden dürfen, die so groß sind wie die ganzen Grundstücke. Vor nicht allzulanger Zeit hat der Stadtrat nämlich beschlossen, daß zumindest für Ersatzpflanzungen genügend Erdreich übrigbleiben muß. Wenn aber das ganze Grundstück zubetoniert wird, kann kein normaler Baum mehr wachsen, höchstens noch Gesträuch und so komischer Zierrasen.«

»Dazu habe ich vorhin etwas Interessantes im Radio gehört«, berichtete Mutter. »Und zwar hat eine Baufirma gegen genau diesen Stadtratsbeschluß prozessiert – und gewonnen. Wahrscheinlich hatte der zuständige Richter ein entsprechendes Grundstück zu verkaufen.«

»Das verstehe ich nicht«, sagte ich.

»Je größer gebaut werden kann, desto größer der Gewinn«, erklärte Mutter.

Ich wurde richtig deprimiert.

»Lucy, mach nicht so ein verzweifeltes Gesicht«, meinte Olli. »Halten wir es doch mit dem guten alten Luther, der sagt, und wenn morgen die Welt unterginge, so wolle er doch heute noch sein Apfelbäumchen pflanzen.«

»Hast du die Variante vergessen, die der Journalist neulich gebracht hat? Wenn morgen die Welt unterginge, wollen wir doch noch schnell den letzten Baum roden – oder so ähnlich.«

»Das mag die Meinung der Baubehörde sein, meine ist es bestimmt nicht. Laßt uns in unserem Garten einen neuen Kirschbaum pflanzen, wenn der alte bei Frau Grün fällt«, sagte er. »Auch Anne möchte das.«

»Wir sind natürlich dabei – Max sowieso, vorausgesetzt, wir finden noch ein leeres Plätzchen, auf dem kein Schrank steht.« Mutter grinste.

92

»Sobald wir zurück sind, wird geräumt«, versprach Olli. »Auch der Schrank vor der Haustür kommt dann weg.«

»Das hoffe ich doch. Denn immer, wenn ich aus der Haustür trete, meine ich, in dem Schrank verstecke sich jemand.«

»Deine blühende Phantasie möchte ich auch manchmal haben«, sagte Olli.

»Das wäre kein Schaden«, entgegnete Mutter. »Dann könntest du dir auch besser vorstellen, wie es in mir kocht, wenn ich über euer Gerümpel steigen muß.«

»Pace!« rief Olli.

»Gut denn«, sagte Mutter. »Nach diesem deinem Versprechen will ich nicht so sein.«

»Lucy, dich möchte ich noch was fragen.« Olli sah mich an. »Als du diesen Mann aus Marders Haus hast schleichen und bei uns über den Zaun springen sehen, warst du dir da wirklich ganz sicher, daß dieser Mann und der O-Beinige damals in Frau Grüns Garten identisch sind?«

»Eigentlich schon. Sein Gang ist einmalig. Ich habe noch nie einen Menschen so laufen sehen. Sein Gesicht habe ich natürlich wegen der Dunkelheit wieder nicht erkennen können. Aber ich habe Herrn Montag ja im Bauamt gesehen. Und ich schwöre dir, auch wenn du das Gegenteil behauptest, Olli, daß es Herr Montag war, der neulich vor Markus' Haus im Auto gesessen ist. Seine Nase ist so extrem wie seine O-Beine.«

»Hast du dir die Autonummer gemerkt?« fragte Olli.

»Nein, denn ich habe das Auto nur von der Seite gesehen, und alles ging ja so wahnsinnig schnell. Aber jetzt fällt mir wieder ein, daß auf dem Auto etwas stand. Eine Art Werbung. Nur was für eine, das weiß ich nicht mehr.«

»Kannst du dich noch an die Farbe des Wagens erinnern?«

»Ich glaube, das Auto war weiß und hatte einen roten oder orangenen Aufdruck.«

»Könnte Henna-Leihwagen sein.« Olli rieb sich nachdenklich das Kinn. »Ich versuch mal, die Kunden der letzten Woche herauszubekommen.«

Olli kam mit der Nachricht zurück, daß sich ein Amerikaner namens Thomas Green an dem betreffenden Tag einen Wagen gemietet hatte.

»Klingt nach Frau Grüns Sohn«, sagte ich. »Findet ihr nicht auch?«

»Die Sache wird immer verwirrender«, meinte Mutter. »Nehmen wir an, Torsten Grün ist im Land. Er nimmt sich also einen Wagen und fährt zu Herrn Montag. Der wiederum steigt in Herrn Greens Leihauto und beobachtet Lucy auf der Party. Also, ich weiß nicht so recht – das scheint mir doch –«

»Könnte es nicht sein«, warf ich ein, »daß sich Torsten Grün schon viel früher an Herrn Montag gewandt hat? Er hat kein Geld mehr und möchte endlich seine Old Mom beerben. Er kommt hierher, geht ins städtische Bauamt und trifft auf Herrn Montag –«

»Ja«, Olli dachte nach. »Torsten Grün könnte Herrn Montag gefragt haben, wie das hier mit Baugenehmigungen so läuft, und durchblicken lassen, daß etwas für ihn abfällt, wenn er die Sache großzügig erledigt. – So könnte es gewesen sein, zumindest in der Theorie, aber in der Praxis kaum.«

»Warum nicht?« Mutter sah Olli fragend an, gab sich dann aber gleich selbst die Antwort: »Ach so, Torsten Grün ist doch seinerzeit aus Deutschland abgehauen und muß damit rechnen, geschnappt zu werden, wenn er hier einreist.«

»Inzwischen ist die Sache verjährt«, sagte Olli. »Bestimmt war Torsten Grün schon öfters in Deutschland, vielleicht sogar als amerikanischer Staatsbürger mit neuem Namen.«

»Wahrscheinlich hast du recht«, stimmte ihm Mutter zu. »Aber ich finde es mehr als komisch, daß wir Torsten Grün kein einziges Mal gesehen haben. Ein Zufall ist das nicht.«

»Trotzdem: Selbst wenn Torsten Grün heimlich hier war und auch noch heimlich Herrn Montag getroffen hat und einen Mord plante – warum sollte dann ausgerechnet Herr Montag für Torsten Grün diesen Mord begehen? Wegen ein paar tausend Mark? Und dann auch noch Lucy nachstellen? Falls er es wirklich ist, der ihr nachstellt. Obwohl – sein Ton neulich am Telefon war mehr als merkwürdig.«

»Das ist doch alles viel einfacher.« Isabelle war hereingekommen und hatte schon eine Weile mitgehört. »Torsten Grün kommt mit seinem neuen Namen und ohne einen Pfennig aus Amerika. Seine Mutter verständigt er natürlich nicht von seiner Anwesenheit, denn er hat Übles vor. Bei Nacht und Nebel macht er sich auf den Weg, fährt zu ihr und erschreckt sie so, daß sie stirbt. Dann geht er wieder. Er begeht sozusagen einen perfekten Mord ohne Waffe.«

»Du vergißt, Isabelle«, Olli wiegte sein weises Haupt, »daß Lucy nicht Torsten Grün, sondern Herrn Montag gesehen hat.«

Olli zuckte die Schulter. »Vielleicht spinnen wir wirklich alle nur herum. – Wenden wir uns lieber unserem Kurzurlaub zu. Wann können wir fahren, Rose? In einer Stunde? Schaffst du das? Gute drei Stunden Fahrzeit brauchen wir. Dann sind wir so um die Abendessenszeit dort.«

»Das schaffe ich. Die Blumen bleiben wegen der Kälte noch im Haus, und ansonsten ist alles organisiert. Und für dich, Lucy, deponiere ich drüben bei Uta noch einen Schlüssel. Falls irgend etwas sein sollte, können die wenigstens —«

»Also ich bitte dich! Bin ich ein Kindergartenkind, das draußen vor der Haustür erfriert, weil die böse Mama wieder mal nicht da ist?«

»Dann eben nicht. Nimmst du übrigens deinen Hamster mit rüber?«

»Nein, der bleibt da. Für die kurze Zeit lohnt sich der Umzug nicht.«

»Na, Umzug ist wohl etwas übertrieben. Du brauchst doch nur seinen Käfig von einem Haus zum anderen zu tragen. Aber mach es so, wie du willst. Paß nur auf, daß Pummel nicht ausreißt«, ermahnte Mutter mich abschließend. »Und noch was: Ich habe den Ofen im Wohnzimmer angeheizt, weil's gar so frisch war. Bevor du nachher rübergehst, schau nach, ob das Feuer auch wirklich aus ist.«

Hoch und heilig versprach ich, alles gewissenhaft zu erledigen. Als Mutter dann endlich mit Olli und Anne abfuhr, winkten Isabelle und ich ihnen nach. »Ich besuche Papa heute und morgen«, rief ich hinterher.

»Wo ist eigentlich Daniel?« fragte ich Isabelle, als wir gemeinsam vorm Ofen saßen. Wir hatten es uns gemütlich gemacht und noch ein paar Holzscheite nachgelegt.

»Wo schon. Natürlich beim Handball-Training.«

»Sollen wir uns nachher auf die Räder werfen und ihm ein bißchen zuschauen?« fragte ich.

»Bei diesem Wetter jagt man keinen Hund vor die Tür, geschweige denn die beste Freundin«, meinte Isabelle schaudernd. »Aber ich kann sowieso nicht mit, weil ich noch Klavierstunde habe. Und für dich ist die Kälte da draußen auch nichts. Schließlich bist du immer noch nicht ganz gesund.«

»Mal sehen. Vielleicht gehe ich auch nur ins Krankenhaus. Obwohl, der Sportplatz liegt ja fast am Weg. Und ein bißchen Luft schadet mir bestimmt nicht.«

»Wann kommst du eigentlich rüber zu uns ?«

»So am frühen Abend.«

»Okay.« Isabelle stand auf und streckte sich. »Dann bis später.«

Ich begleitete sie noch zum Gartentor. Kurz darauf schwang ich mich auf Mutters Fahrrad, denn meines stand nach wie vor im Hof und wartete auf die Reparatur.

14

Der kalte Wind, der um die Ecken pfiff, machte meinen Kopf klar und verscheuchte das Unbehagen, das mir in letzter Zeit zu schaffen gemacht hatte.

Weit und breit sah ich nichts Verdächtiges, weder einen schleichenden Menschen mit O-Beinen noch ein geparktes Auto, aus dem mich jemand beobachtete. Ich beschloß, doch noch am Sportplatz vorbeizufahren und dann anschließend ins Krankenhaus zu gehen.

Der Sportplatz war nicht allzuweit entfernt. Man überquert zuerst auf einem Zebrastreifen eine größere Straße und radelt dann auf der anderen Seite auf dem Fahrradweg einen guten Kilometer an ihr entlang.

Schon von weitem sah ich Daniel, und ich wurde mindestens einen Kopf größer vor Stolz. Von allen Typen, die dort herumliefen, war er auf jeden Fall der bestaussehendste. Einfach unwiderstehlich! Als das Spiel unterbrochen wurde, kam er zu mir her. »Was gibt's?« fragte er.

»Nichts«, antwortete ich leise. »Ich wollte dich nur sehen.«

»So ein Zufall«, meinte er lachend. »Ich dich nämlich auch«, und er nahm mich vor allen seinen Mitspielern in den Arm. Denen fielen fast die Augen aus dem Kopf.

Lang blieb ich nicht, weil Vater wartete. Der schimpfte zwar ein bißchen, weil ich bei der Kälte mit dem Rad gefahren war, aber über meinen Besuch freute er sich doch. Ob mein O-beiniges Phantom schon wieder aufgetaucht sei, fragte er mich beim Abschied.

»Mach darüber keine Witze.« Ich lächelte gequält. »Heute hat sich der Typ zurückgehalten.«

»Paß auf dich auf!« sagte Vater. »Und geh rüber zu Uta,

bevor es dunkel wird. Eine Bitte noch: Könntest du mir die Telefonnummer von Gilberts heraussuchen? Ich möchte heute abend bei ihnen anrufen und gratulieren. Dann höre ich auch gleich, ob Rose gut gelandet ist. Ich rühre mich nachher noch bei dir.«

»Ist gut. Und morgen komme ich wieder vorbei!«

Der Wind hatte zugenommen. Er blies noch stärker, und ich mußte ziemlich in die Pedale treten, um überhaupt voranzukommen. So hundertprozentig war ich noch nicht auf den Beinen, das merkte ich jetzt. Ich war so schlapp, daß ich tatsächlich abstieg und das Fahrrad schob. Beim Überqueren des Zebrastreifens sah ich zwar, daß sich ein Wagen von links näherte, bemerkte aber zu spät, mit welch irrsinniger Geschwindigkeit er auf mich zuraste. Ich ließ das Fahrrad fallen und machte einen Satz auf den Bürgersteig. Das Auto streifte noch mein Rad, schleuderte dann ein Stück die Straße entlang, fing sich wieder und fuhr weiter.

Eine ältere Frau und ein älterer Mann hoben zusammen mein Rad auf. Der Mann sagte: »Mein Gott, du zitterst ja wie Espenlaub. Der Kerl hat extra noch Gas gegeben. Ich hab es genau beobachtet. So eine Schweinerei!«

»In diesem Leihwagen muß ja ein Wahnsinniger gesessen sein«, fügte die Frau hinzu. »Immer das gleiche: Wenn's nicht das eigene Auto ist, fahren diese Ganoven wie die Henker. Schade, daß man nicht weiß, wer den Wagen gesteuert hat.«

Ich wußte es genau.

»Sollen wir dich begleiten, oder können wir dir sonst noch irgendwie helfen?« fragte der Mann. Ich schüttelte den Kopf. Er gab mir seine Visitenkarte. »Hier ist unsere Adresse, falls du sie brauchst. Du solltest übrigens unbedingt eine Anzeige gegen Unbekannt erstatten.«

»Danke für die Hilfe«, sagte ich und wankte mit meinem demolierten Rad davon. Hoffentlich ist Uta schon da, flehte ich im stillen, damit ich nicht so alleine bin. Aber Uta war noch nicht da. Kein Mensch machte mir auf. Auch die Straße war plötzlich wie ausgestorben. Das einzige Lebenszeichen kam von unserer verrückten Katze. Sie lief vor der Haustür im Kreis herum und schrie laut und vorwurfsvoll. Ich sperrte auf und ließ sie hinein. Dann drehte ich mich nochmals um, und in diesem Moment sah ich vor unserem Hoftor einen weißen Wagen mit orangeroter Schrift anhalten. Das Blut gefror mir in den Adern. Doch dann rief eine helle Stimme : »Kobold, Kobold! Ihr Staubsauger ist da!«

»Stellen Sie ihn bitte in den Hausflur.« War ich erleichtert! Der kleine Kobold-Mann schleppte den großen Karton an mir vorbei und deponierte ihn direkt vor der Wohnungstür. »Die Rechnung liegt drin! Und falls Sie Probleme haben, rufen Sie an. Ich bin immer für Sie da.« Im nächsten Moment war er verschwunden. Schade, ich hätte gern gehabt, daß er noch etwas dageblieben wäre. Ich fühlte mich verdammt einsam, und mir war elend zumute. So elend und schlapp, daß ich nicht einmal mehr den großen Karton zur Seite räumte, sondern einfach über ihn hinwegstieg.

Im Wohnzimmer setzte ich mich nah an den Ofen und legte noch ein paar Kohlen nach. Aber so richtig warm wurde es mir nicht. Nichts Besseres als heiße Milch mit einem Löffel Honig, hörte ich in Gedanken meine Mutter sagen. Das war's, was ich nach diesem Schock brauchte! In der Küche goß ich Milch in einen Topf und stellte ihn auf die Herdplatte. Die Milch wurde nicht heiß, weil die Platte nicht heiß wurde. Auch das Licht ging nicht, als ich den Schalter betätigte.

Voll böser Ahnungen ging ich in mein Zimmer, in dem Pummels Käfig stand. Die Abdeckung hatte sich verschoben. Er war wieder einmal ausgerissen!

Das darf doch nicht wahr sein! Entnervt sagte ich das immer wieder vor mich hin. Aber es war so. Mich auf die Suche nach Pummel zu machen war völlig sinnlos, weil ich die diversen Möbelstücke nicht alleine wegrücken konnte. Isabelle und Daniel mußten mir dabei helfen. Vielleicht waren sie inzwischen heimgekommen. Ich nahm das Telefon, zog die lange Schnur hinter mir her und ging zurück ins Wohnzimmer. Ich wählte und ließ lang läuten. Aber niemand nahm ab.

Im Haus war es still. Hinter dem Ofen hatte sich unsere verrückte Katze zusammengerollt. Von Pummel war nichts zu hören, kein Nagen, kein Rascheln. Komisch, tagsüber ist er noch nie ausgerückt, überlegte ich. Und warum nicht? Ganz einfach, weil er da normalerweise schläft, wie jeder andere Hamster auf der Welt auch. Irgendwer oder irgendwas hat ihn geweckt. War jemand in meinem Zimmer gewesen, während ich unterwegs war?

Der Schrank vor dem Eingang fiel mir ein. Mutter hatte ja gemeint, darin könnte sich leicht ein Einbrecher verstecken. Hatte ich eigentlich die Haustür richtig zugezogen? Sie klemmte seit neuestem wieder. Man mußte kräftig daran ziehen, um sie zuzubekommen.

Draußen wurde es bereits dämmrig. Bei dem trüben Wetter war das auch kein Wunder. Die Jalousien mußte ich sowieso herunterlassen, bevor ich ging. Also machte ich es am besten gleich, damit ich es nachher nicht vergaß. Zu spät dachte ich daran, daß ich dann völlig im Dunkeln sitzen würde.

Was war das im Treppenhaus? Schritte? Nichts. Nur Totenstille. Ich zündete eine Kerze an und stellte sie neben das Telefon. Wieder wählte ich Utas Nummer. Endlich! Der Hörer wurde abgenommen. »Ja?« hörte ich Daniels Stimme. »Lucy, bist du es? Ich komm gleich rüber. Ich dusche nur noch schnell. Sag mal, warum hast du jetzt schon die Jalousien –?«

Bevor ich antworten konnte, öffnete sich die Tür, die nur leicht angelehnt war.

Herr Montag stand im Türrahmen.

Ich wollte schreien, brachte aber keinen Ton heraus. Er nahm mir den Hörer aus der Hand und legte ihn auf die Gabel.

»So«, sagte er, »jetzt werden wir zwei uns mal unterhalten, Schätzchen. Sag mir aber vorher noch schnell, wer ich bin. Na los! Hat dir die Katze die Zunge abgebissen?«

»Herr Montag«, flüsterte ich rauh. Mein Hals war wie zugeschnürt.

»Nein, Schätzchen«, kicherte er, »der bin ich nicht. Du hast dich die ganze Zeit über geirrt. Aber auch so hast du mir genug Ärger gemacht!« Seine Fischaugen glotzten mich an. Er kam näher, näher –

»Nein!« schrie ich, »nein!« Ich schnellte hoch und jagte durch die Verbindungstür ins nächste Zimmer. Mit mir unsere verrückte Katze.

Hinter mir krachte es, und Herr Montag, oder wer immer es war, brüllte und fluchte. Er ist über die Stufe gestolpert und hat den heißen Ofen umarmt, schoß es mir durch den Kopf. Und mit plötzlicher Klarheit erkannte ich meine einzige Chance, nämlich unser Haus mit all seinen Vorteilen und Mängeln zu nutzen. Einer der Vorteile war, daß alle Zimmer durch Türen miteinander verbunden waren, doch konnte auch jedes Zimmer vom Gang her betreten werden. Kein Raum würde also für mich zur Mausefalle werden.

Ich sprang ins Schlafzimmer und durch die nächste Tür wieder hinaus. Mein Verfolger war mir bereits wieder auf den Fersen. Dann erneutes Fluchen, Poltern, das Geräusch von berstendem Glas. Demnach war Herr Montag an der Bodenspalte zwischen den Türen hängengeblieben und hatte beim Sturz einen Teil der Glastür mitgenommen.

Lieber Gott, laß mich das Treppenhaus erreichen, flehte ich. Aber zuerst ging die Hatz durch mein Zimmer. Dort stieß ich den Hamsterkäfig vom Tisch herunter. Dem Fluchen nach zu urteilen, mußte er meinem Verfolger genau vor die Füße gefallen sein. Weiter jagte er mich durch den Gang. Ich blieb nicht an der Telefonschnur hängen, aber offenbar mein Peiniger. Trotzdem war er knapp hinter mir, so knapp, daß ich es nicht schaffte, die Tür zum Treppenhaus aufzureißen. Ich rannte weiter geradeaus, zurück ins Wohnzimmer. Das Telefon läutete. Mein Fuß streifte es, der Hörer fiel herunter. »Hilfe!« schrie ich. »Er bringt mich um!«

Dann ging die Jagd von neuem los. Diesmal scheiterte mein Verfolger nicht mehr an der Schwelle, die durchs Zimmer lief. Sein keuchender Atem streifte mich immer wieder. Vor ihm erreichte ich die Wohnungstür, riß sie auf, sprang über den Staubsaugerkarton. Die zwei Stufen, die zur Haustür und damit ins Freie geführt hätten, verpaßte ich, statt dessen jagte ich durch das Pflanzenspalier die Treppe zum Dachboden hinauf.

Mit dem Hindernis vor der Wohnungstür hatte Herr Montag nicht gerechnet. Das wurde ihm zum Verhängnis und warf ihn weit zurück. Seinen Flüchen nach zu schließen, war er übel gestürzt.

Von irgendwo hörte ich dann plötzlich Daniels Stimme und lautes Klopfen.

»Hilf mir!« brüllte ich und rannte weiter. Durch die zahllosen Blumentöpfe, die auf den einzelnen Treppenstufen standen, war der Weg nach oben der reinste Hindernislauf. Schon bei Helligkeit mußte man verdammt aufpassen, inzwischen war es aber dunkel. Ich war fast oben, als Herr Montag sich wieder zusammengeklaubt hatte und die Treppe hochstolperte. Immer wieder donnerten Blumentöpfe nach unten, hielten ihn auf und gaben mir einen Vorsprung.

Kaum hatte ich den Dachboden erreicht, robbte ich zu der hintersten Ecke, dahin, wo Isabelle und ich früher immer in den Kleiderkisten gewühlt hatten. Um dorthin zu gelangen, mußten wir unter einigen Tischen hindurchkriechen, uns zwischen zwei Schränken hindurchzwängen und über einen Stapel alter Matratzen klettern. Herr Montag konnte mich da unmöglich finden. Er hätte den ganzen Dachboden ausräumen müssen.

»Komm heraus, du kleine Kröte!« hörte ich ihn keuchen. Zitternd vor Angst saß ich in meinem Versteck. »Wo ist hier das Licht, verdammt noch mal!« Offenbar hatte er den Schalter gefunden, aber ohne Erfolg heruntergedrückt. »Dich werde ich aus deinem Loch locken, Schätzchen«, zischte er. »Eigentlich hatte ich anderes mit dir vorgehabt. Aber auch so wird's gehen. Fackeln wir das Ding doch einfach ab!«

Es dauerte einen Moment, bis ich begriff, was er vorhatte. »Nicht anzünden!« brüllte ich und tauchte auf. Aber da hatte Herr Montag bereits eine brennende Zeitung in der Hand. Doch bevor er sie werfen konnte, wurde sein Arm festgehalten.

15

Später habe ich mir oft überlegt, wieso ich bei dieser wirklich lebensbedrohlichen Situation nicht völlig die Nerven verloren habe, obgleich mich nur einige Tage vorher bereits der Anblick von Herrn Montag in unserem Garten fertiggemacht hatte. Isabelle ist überzeugt davon, daß uns bei besonders schrecklichen Begebenheiten Kräfte wachsen, von denen wir gar nicht wissen, daß wir sie haben. Daniel hingegen meint, daß in Momenten höchster Gefahr verschüttete Instinkte wieder reaktiviert würden. Wahrscheinlich haben beide recht.

Aber einfach weggesteckt habe ich dieses Erlebnis natürlich nicht. Es hängt mir nach, vor allem nachts in meinen Träumen. Dann sehe ich den erhobenen Arm von Herrn Montag (wie ich ihn in Gedanken immer noch nenne) mit der lodernden Fackel aus Zeitungspapier. Er wirft sie, und alles um mich herum fängt zu brennen an. Schreiend vor Angst wache ich auf.

Wenn ich wach bin, weiß ich, daß es anders war. Im Schein der Fackel erschien Isabelles Gesicht. Das Bild wird ewig und unauslöschlich in meinem Kopf sein – Isabelle, die wie eine Rachegöttin hinter Herrn Montag steht und ihm im wahrsten Sinn des Wortes das Feuer entreißt.

Was dann passierte, konnte ich hinter meinen Koffern und Schränken nicht erkennen. Alles schien zuerst einmal in einem Funkenregen unterzugehen. Ich hörte die helle Stimme von Isabelle und die dunkle von Daniel, dann sein Schrei: »Lucy, komm heraus, der Dachboden brennt!«

So schnell, wie ich damals zwischen all dem Gerümpel hervorgekrochen bin, hätte ich, falls es das gäbe, den

Weltbesten im Robben übertroffen. Der Dachboden brannte zwar noch nicht, aber überall flogen Funken. Verzweifelt versuchte Isabelle die Glut auszutreten, aber das war ein ziemlich aussichtsloses Unterfangen.

Auf dem Treppenabsatz vor dem Dachboden wälzten sich Daniel und Herr Montag. Es war von ihnen weniger zu sehen als zu hören. Ein Keuchen, schrecklich und bedrohlich, wie alles, was sich hier abspielte.

Und dann passierten viele Sachen gleichzeitig: Ein heiseres Röcheln war zu hören, und Herr Montag stieß die Worte aus: »Dir drehe ich die Gurgel um.«

Ohne viel zu überlegen, tastete ich nach dem nächsten Blumentopf und schmetterte ihn auf die kämpfenden Gestalten. Mit einem Schrei ließ Herr Montag von Daniel ab und –

»Feuer!!« brüllte Isabelle. Ein Teil der glühenden Zeitung schwebte in den Speicher hinein.

»Wir kommen!« Polternde Schritte dröhnten durchs Haus, alles schien auf einmal voller Menschen zu sein, Lichtkegel von Taschenlampen brannten, Feuerwehrmänner, Polizisten, Sanitäter, alles rannte, Feuerlöscher wurden in Betrieb gesetzt –

»Er rennt weg!« Daniel versuchte den Verbrecher aufzuhalten, allerdings ohne Erfolg.

Doch der kam nicht weit. Er wurde, Ironie des Schicksals, nicht von der Polizei eingefangen, sondern von zwei Sanitätern, die dachten, der Mann hätte einen Schock erlitten und sie müßten ihn festhalten und retten. Er bot einen schrecklichen Anblick. Mein Blumentopf hatte ihm – und Gott sei Dank nicht Daniel! – eine Platzwunde am Kopf beigebracht, die stark blutete. Nach dem Verarzten nahm sich seiner aber dann sogleich die Polizei an.

Verarztet wurde auch Isabelle, die an den Händen

schlimme Brandblasen abbekommen hatte. Trotz allem war es für sie noch glimpflich abgelaufen. Ins Krankenhaus mußte sie aber nicht, sie konnte ambulant versorgt werden. Sie sah rührend aus mit ihren beiden verbundenen Händen. Als ich sie so sah, kamen mir die Tränen. Sie beruhigte mich noch und meinte, so schlimm sei es nicht, und die Verbrennungen hätten erst wehgetan, als schon alles vorbei war. Daniel sagte ähnliches. Seine Stimme war heiser und rauh, und um den Kehlkopf herum hatte er blaue Druckstellen.

Aber nicht nur die Sanitäter, sondern auch die Männer von der Feuerwehr arbeiteten toll. »Eine Sekunde später«, sagte einer, als das Schlimmste vorbei war, »und wir hätten nichts mehr retten können. Es gleicht einem Wunder, daß wir das Feuer noch rechtzeitig löschen konnten. Gut, daß ihr uns so schnell gerufen habt.«

»Wir?« Daniel sah ihn verblüfft an. »Dazu wären wir gar nicht in der Lage gewesen. Lucy«, er deutete auf mich, »wurde im Haus von diesem Typen, der vorhin fliehen wollte, bedroht und verfolgt. Von außen bekam ich ihr Schreien mit, konnte aber nicht helfen, weil die Eingangstür zu war und ich keinen Schlüssel hatte. Ich schaffte es auch nicht, die Tür einzutreten.«

»Aber *ich* hatte einen Schlüssel«, sagte Isabelle.

»Hat Mutter dir doch noch einen gegeben?« fragte ich.

»Sie hat. Zum Glück. Als du nicht hergeschaut hast, hat sie ihn mir schnell zugesteckt und geflüstert, daß man nie wissen könne und so.«

»Mit diesem Schlüssel sind wir also ins Haus gekommen«, berichtete Daniel weiter. »Isabelle tauchte wirklich in allerletzter Sekunde auf, bevor Herr Montag —«

»Er ist nicht Herr Montag«, unterbrach ich ihn.

Ungläubig sahen mich Daniel und Isabelle an.

»Wer ist es dann?« fragte Daniel.

»Ich weiß es nicht. Aber dieser Typ fragte mich, wer ich glaube, daß er sei. Herr Montag, antwortete ich schlotternd vor Angst. Nein, der wäre er nicht, sagte er, ich hätte mich die ganze Zeit geirrt.«

»Das Geheimnis werden wir lüften«, versprach ein Mann von der Polizei. Und erst jetzt erkannte ich ihn. Es war der freundliche Polizist, der uns neulich zu Hilfe gekommen war, als die Bäume in Frau Grüns Garten abgeholzt werden sollten.

»Ihr müßt uns noch eine Menge Informationen geben«, sagte nun ein anderer Beamter. »Fangen wir doch am besten gleich damit an.«

»Nein, das reicht auch morgen. Die jungen Leute brauchen Ruhe. Und das sofort. Meines Erachtens ist dieser Anschlag wohl zuerst einmal eine Sache für die Kriminalpolizei.« Es war wieder der freundliche Polizist, der uns da beistand. Und mehr zu sich selbst sagte er: »Aber ich möchte doch gern wissen, wer vorhin bei uns in der Dienststelle angerufen hat.«

Mir kam plötzlich eine Erleuchtung. »Als ich von diesem Menschen verfolgt wurde, hat das Telefon geläutet. Ich bin am Apparat hängengeblieben, und der Hörer ist von der Gabel gefallen. Komisch, das habe ich trotz meiner Panik genau mitbekommen. Und irgendwie habe ich auch noch ziemlich klar überlegt —«

»Ich glaube, in Todesangst denkt man überhaupt besonders klar«, warf Isabelle ein.

»Mag sein. Auf jeden Fall habe ich gebrüllt ›Man bringt mich um!‹ oder so was ähnliches, und gehofft, daß jemand auf der anderen Seite der Leitung reagieren würde. Vielleicht war mein Vater am Apparat. Er wollte mich wegen einer Telefonnummer nochmals anrufen.«

»Ist dein Vater nicht im Krankenhaus?« fragte unser Polizisten-Freund. »Er hat sich doch das Bein gebrochen. Das habe ich mitbekommen.«

»Ja, er ist im Krankenhaus, und meine Mutter ist für zwei Tage verreist.«

»Deine Eltern haben sich ja eine passende Zeit für ihre Unternehmungen ausgesucht«, meinte er. »Aber du solltest beide sobald als möglich verständigen.«

Das tat ich auch. Vater war außer sich, als ich ihn an der Strippe hatte.

»Kind, lebst du noch? Was ist passiert? Sag doch was!«

»Ja, ich lebe. Und das Haus ist auch nicht abgebrannt.«

»Wie, was?«

»Papa, hast du bei der Polizei angerufen?«

»Aber sicher habe ich das. Als ich deine Stimme hörte, deinen Schrei ›Hilfe, er bringt mich um!‹ und diese alptraumartigen schrecklichen Geräusche im Hintergrund und ich nicht aus diesem verdammten Bett kam – o Gott, das waren die schlimmsten Minuten meines Lebens. Immerhin habe ich sofort Polizei, Feuerwehr, Notarzt und Krankenwagen in Bewegung gesetzt. Aber dann die Ungewißheit, das Warten! – und bei Uta war natürlich auch niemand ...«

»Es ist alles einigermaßen gut ausgegangen.« Und so klar wie möglich berichtete ich die ganze Geschichte.

Vater machte sich furchtbare Vorwürfe. »Daß wir dich gerade jetzt alleingelassen haben«, sagte er immer wieder, »und deine Angst nicht wirklich ernst genommen haben. Und ist auch wirklich jemand bei dir? Hat man diesen Verbrecher auch tatsächlich gefaßt? Ist er bestimmt hinter Schloß und Riegel? Nicht, daß er plötzlich wieder auftaucht.«

»Nein, nein, der Typ ist gefaßt. Der tut mir nichts mehr.

Und die Polizei ist noch da, und natürlich Isabelle und Daniel. Uta muß auch jeden Moment heimkommen. Nachher gehen wir rüber. Allerdings müssen wir voher noch Pummelchen suchen. – Ja, du hast recht, das hat gerade noch gefehlt. Und doch war die Dunkelheit in der Wohnung vielleicht meine Rettung.«

»Kann ich Isabelle und Daniel noch kurz sprechen? Ich möchte mich bei den beiden bedanken.« Als Vater dann noch hörte, daß ein Feuerwehrmann die Nacht über im Haus bleiben würde, um rechtzeitig vor sich hinkokelnde Schwelbrände sofort löschen zu können, beruhigte er sich langsam.

Auch Mutter war nach meinem Anruf völlig fertig. »Wäre ich doch nicht gefahren«, klagte sie, freute sich dann aber, daß ihr Schlüssel ganz entschieden zu meiner Rettung beigetragen hatte. »Ich bin aber erst dann ruhig, wenn ich dich morgen früh lebendig und gesund in die Arme schließen kann«, sagte sie abschließend. In aller Herrgottsfrühe wollten Mutter, Olli und Anne wieder zurückkommen.

Der Feuerwehrmann, der auf dem Dachboden Wache hielt, war kurz in den Keller gestiegen und hatte dort die Elektrik wieder in Gang gebracht. Dank des Lichts konnten wir Pummel gerade noch rechtzeitig aufstöbern, bevor er seinen langen Marsch unter die Dielenbretter antrat.

Mitternacht war längst vorüber, als wir mit meinem Bettzeug bewaffnet die Haustür hinter uns zuzogen. Uta bekam einen richtiggehenden Schock, als sie Isabelles Verband und Daniels blauen Hals sah. An Schlafen war nicht zu denken. Bei heißer Milch und Honigbroten ließ sie sich alles haarklein erzählen.

Auf dem Tisch, an dem wir saßen, lag Daniels Arbeit über englische Lyrik. Aus reiner Nervosität blätterte ich darin, ohne allerdings wirklich etwas wahrzunehmen. Doch an einem Vers blieben meine Augen hängen:

She lived unknown, and few could know
When Lucy ceased to be;
But she is in her GRAVE, and oh,
The difference to me!

»Lucy was ist?« Daniel sah mich an.
Ich deutete auf das Gedicht, und dann heulte ich, wie ich mein Lebtag noch nie geheult hatte.

16

»Die Sache hätte auch anders ausgehen können«, sagte
Vater. Er und sein Gipsbein ruhten auf unserem bequem-
sten Sessel, dem mit ausziehbarer Fußstütze. Ich selbst lag,
gebettet wie die Königin-Mutter, auf dem Sofa und ku-
rierte einen Gripperückfall aus, zu dem auch noch eine
Nierenbeckenentzündung gekommen war. »Die alten
Sprüche ›Das geht mir an die Nieren‹ oder ›Eine Laus ist
mir über die Leber gelaufen‹ oder ›Das geht mir unter die
Haut‹ oder ›Ich halte das im Kopf nicht mehr aus‹ stim-
men einfach«, hatte meine Mutter gesagt und ihren thera-
peutischen Blick lang auf mir ruhen lassen und dann noch
hinzugefügt: »Ich hatte zum Beispiel einmal eine ganz
schwierige Zeit. Nichts ging mehr, nichts lief mehr. Und
was passierte? Ich bekam ein furchtbar dickes Knie, obwohl kein Arzt am Knie etwas feststellen konnte.«

An solche Sachen glaube ich eigentlich nicht besonders.
Wahrscheinlich habe ich mich in der Horrornacht in
unserem zugigen Treppenhaus erkältet. Obwohl – an die
Nieren ist mir diese Verfolgungsjagd wirklich gegangen.
Vielleicht ist doch was dran an den alten Sprüchen.

Wie dem auch sei und wie schon gesagt: Ich lag also wie
die Königin-Mutter auf dem Sofa, Daniel zu meinen Füßen. Isabelle hatte es sich auf dem Boden gemütlich gemacht. Die Brandwunden an ihren Händen waren noch
nicht völlig verheilt, aber schon wesentlich besser.

Um uns herum, in lockerem Halbkreis, wurden wir von
Mutter, Olli, Anne und Uta eingerahmt. Auch der freundliche Polizist, der Jürgen Eller hieß, war da. Als er zusammen mit Uta im Zimmer erschien, hatte mir Isabelle zuge-
flüstert: »Ich muß Mama etwas im Auge behalten. Zum

Schluß kommt sie noch auf dumme Gedanken. Jürgen Eller ist nämlich Witwer.«

»Laß ihnen doch die Freude«, sagte ich. Nach allem, was mir widerfahren war, fühlte ich mich weise und abgeklärt.

Überhaupt war es an diesem Abend bei uns besonders gemütlich. Weil es immer noch kühl war, hatte Mutter den Ofen angeschürt. Anne und Olli boten großzügig ihr herrlich mürbes Käsegebäck an, und Isabelle und ich hatten Kuchen gebacken. Es gab Kaffee, Tee und Wein, alles plauderte und lachte.

»Und jetzt, meine Lieben«, sagte Olli nach einer Weile, »kommt der unerfreuliche Teil des Abends. Ihr wolltet doch alle noch weitere Details —«

»Ich blicke überhaupt nicht durch«, sagte Jürgen Eller nun. »Mir fehlen eine Menge Informationen, weil ich doch die letzten Tage nicht da war. Sind nun Torsten Grün und Herr Montag wirklich echte Zwillinge oder sind die beiden artgleichen Unholde nur einer Laune der Natur entsprungen?«

»Sie sind sogar eineiige Zwillinge«, antwortete Olli. »Sie sind nur nicht zusammen aufgewachsen, sondern haben sich zufällig getroffen, ohne vorher etwas voneinander gewußt zu haben.«

»Laßt mich erzählen!« rief Mutter. »Ich bin nämlich gerade dabei, die ganzen Fakten zusammenzutragen. Aber Olli, du darfst mich natürlich jederzeit unterbrechen, wenn ich etwas falsch berichte.«

»Bist du überhaupt in der Lage, dir den ganzen Sumpf nochmals anzuhören?« Vater blickte mir forschend ins Gesicht.«

»Ich glaube schon. Jetzt, wo sie alle hinter Schloß und Riegel sitzen, fühle ich mich unendlich stark.« Ich sagte natürlich nicht, daß ich mich besonders stark fühlte, weil Daniel unter der Decke sacht mein Bein massierte.

»Fangen wir doch einfach bei der Geburt der hoffnungsvollen Knaben an«, meinte Mutter.

»Eigentlich müßtest du bei der Zeugung beginnen«, unterbrach sie Vater. »Denn das war letztlich schon der Anfang vom Ende.«

»Du hast recht.« Mutter nickte. »Fangen wir also damit an. Frau Grün war eine nicht mehr ganz junge Frau, als der Krieg zu Ende ging. Sie gehörte zu jener Frauengeneration, in der es kaum Männer gab, weil die fast alle gefallen waren. Je weniger es von etwas gibt, desto größer wird die Sehnsucht danach und desto weniger wählerisch wird man. So wird es auch bei Frau Grün gewesen sein. Sie fing ein Verhältnis mit einem offenbar wenig netten und zudem noch verheirateten Mann an, der sie dann, als sie schwanger wurde, wie eine heiße Kartoffel fallenließ.«

»Woher wissen Sie das denn so genau?« fragte Jürgen Eller.

»Einer von Ollis Kollegen hat eine alte Bäuerin aufgestöbert, die in dem Dörfchen an der polnischen Grenze lebt, in das es Gerda Grün damals hinverschlagen hat. Sie stand ganz allein in der Welt, ihre Eltern und Geschwister waren im Krieg umgekommen. In diesem Dorf lernte sie auch den Vater ihrer Zwillinge kennen.«

»Frau Grün muß wohl schrecklich viel mitgemacht haben.« Isabelles Augen waren dunkel vor Mitleid. »Krieg, Tod der Angehörigen, diese Schwangerschaft, dann das Verlassenwerden, die Zwillinge –«

»Ja, es ging ihr in jeder Hinsicht miserabel, das bestätigte auch die Bäuerin.« Mutter nickte. »Sonst hätte sie kaum eines ihrer Kinder hergegeben. Der Kontakt mit den späteren Adoptiveltern, den Montags also, kam übrigens durch die Vermittlung dieser Bäuerin zustande. Herr Montag, ein entfernter Neffe von ihr, war durch eine Kriegsverletzung zeugungsunfähig geworden, und das Ehepaar entschloß sich, den einen der Zwillinge zu sich zu nehmen. Wie das mit der Adoption im einzelnen ablief, weiß ich nicht. Was ich weiß, ist, daß die Montags vorhatten auszuwandern, was sie dann aber doch nicht taten. Ich nehme an, für Gerda Grün war der Gedanke beruhigend, daß ihre Kinder nach menschlichem Ermessen nicht aufeinandertreffen würden. Wenn sie gewußt hätte, daß die Montags später sogar in die gleiche Stadt ziehen –«

»– da war Torsten Grün aber schon in Amerika«, sagte Olli, »sonst wären sie sich möglicherweise schon sehr viel früher über den Weg gelaufen.«

»Ich habe neulich gelesen, daß sich eineiige Zwillinge angeblich wie Magneten anziehen«, warf Daniel ein. »Egal, wo es sie auch hinverschlagen hat.«

»Fast möchte man es glauben«, stimmte Vater zu. »Aber laßt mal Rose weitererzählen, sonst sitzen wir morgen früh immer noch da.«

»Gut, machen wir weiter. Zumindest hat Frau Grün nicht mehr erfahren müssen, daß sich ihre Söhne trafen und gemeinsam ihren Tod planten. Das wenigstens ist ihr erspart geblieben. Gewußt hat sie natürlich, daß Torsten scharf auf sein Erbe war – also auf das Haus und das große Grundstück. Schon als junger Mensch konnte Torsten mit Geld nicht umgehen, und er ist seine Mutter offenbar auch wiederholt von Amerika aus um Bares angegangen.«

»Meint ihr, daß Frau Grün ahnte, wer ihr Alptraum war?« fragte ich.

»Wenn sie je eine Ahnung gehabt haben sollte, so muß sie es verdrängt haben.« Utas Stimme klang traurig.

»Denn etwas so Entsetzlichem kann man nicht in die Augen sehen. Und wenn man es muß, bricht es einem das Herz.«

»Es könnte ja sogar sein, daß Torsten Grün oder Rüdiger Montag in der Todesnacht gar nicht mehr zu ihr kamen.« Isabelles Augen waren noch schwärzer als sonst. »Vielleicht ist ihr einfach in dieser Nacht ihre Ahnung zur Gewißheit geworden.«

»Isabelle, erinnerst du dich daran, was Frau Grün damals zu uns sagte, als wir kurz vor ihrem Tod bei ihr waren?« fragte ich.

»Daran habe ich auch gerade gedacht. Sie sagte so etwas Ähnliches wie: Wenn ihr wüßtet, wie weh das Leben manchmal tut –«

»Selbst wenn sie nicht geahnt haben sollte, wer sie nachts quälte, wird ihr auch sonst manches wehgetan haben«, fuhr meine Mutter fort. »Bestimmt hat sie immer darunter gelitten, daß Torsten nicht auf die Füße kam, ein Schmarotzer war, und sie gab sich vermutlich selbst daran die Schuld. Wahrscheinlich wird sie es sich auch nie verziehen haben, daß sie eines ihrer Kinder zur Adoption freigegeben hat. Dieses schlechte Gewissen wird auch der Grund für ihre Nachgiebigkeit Torsten gegenüber gewesen sein.«

Jürgen Eller schaute nachdenklich in den dunklen Garten hinaus. »Was Frau Grün gedacht und gefühlt hat, werden wir nie mehr erfahren. Aber wann und wo die Zwillinge sich das erste Mal getroffen haben, das ist inzwischen doch sicher bekannt.«

»Rose, laß mich jetzt mal weitererzählen.« Olli räusperte sich. »Es gibt nämlich schon wieder ein paar neue Details in diesem verwirrenden Fall – Torsten Grün also, das wißt ihr ja alle, lebte in Amerika in ziemlich ärmlichen

Verhältnissen. Da dachte er offenbar des öfteren an das schöne Grundstück, auf dem das Häuschen seiner Mutter stand, und das sich so gut zu Geld machen ließe, vorausgesetzt, er hätte es. Aber er hatte es noch nicht – und brauchte wieder einmal Knete, weil er sich wegen einer mißlungenen Geschäftsgründung in einem akuten finanziellen Engpaß befand. So beschloß er, seine Mutter zu besuchen und sie persönlich zu bitten, ihm doch jetzt schon einen Teil des Erbes auszubezahlen. Frau Grün sagte ihm bei diesem Besuch ziemlich eindeutig – das hat Torsten Grün zu Protokoll gegeben –, daß sie zwar über Bargeld verfüge, dieses Geld aber für bald fällige Reparaturen an ihrem Haus zurückgelegt habe. Sie ließ auch keinen Zweifel daran, daß sie so lange wie möglich in ihrem Häuschen wohnen bleiben wolle.

Wahrscheinlich wäre Torsten mit dieser Auskunft wieder nach Amerika zurückgereist, und alles wäre beim alten geblieben, wenn er nicht plötzlich vor seiner Abreise die Idee gehabt hätte, beim Stadtbauamt vorbeizuschauen und sich zu erkundigen –«

Es war mucksmäuschenstill im Raum, denn wann und wie die Zwillinge sich getroffen hatten, wußte außer Olli noch niemand.

»– welche Geschoßfläche auf diesem Grundstück zugelassen ist. Davon hängt ja schließlich der Wert des Grundstücks ab. Anders ausgedrückt: Je größer du bauen kannst, desto mehr Geld wirst du für ein Grundstück bekommen. Rose hat das neulich ganz richtig formuliert. Kurz und gut, Torsten ging zum Stadtbauamt –«

»– und traf dort seinen Zwillingsbruder«, sagte ich. Mich schauderte noch immer, wenn ich an dieses Duo dachte.

»Aber das Auftauchen von Torsten muß doch im Bauamt einen Auflauf verursacht haben: Herr Montag in doppelter Ausfertigung«, meinte Jürgen Eller.

»Gab es nicht«, entgegnete Olli. »Die Angestellten, die Torsten Grün gesehen haben, hielten ihn offensichtlich für Herrn Montag.

Der war allein im Zimmer, als sein Zwillingsbruder auftauchte. Wie das erste Gespräch der beiden ablief, wissen wir nicht genau. Übereinstimmend sagten sie jedoch aus, es hätte sie fast der Schlag getroffen, als sie sich gegenüberstanden. Zwar wußte Rüdiger Montag, daß er ein adoptiertes Kind ist, nicht aber, daß er noch einen Zwillingsbruder hat. Als die beiden dann auf das gleiche Geburtsdatum kamen, brauchten sie nur noch zwei und zwei zusammenzuzählen.

Schon gleich am Anfang ihres Zusammentreffens steigerten sich die Zwillinge in einen schrecklichen Zorn, mehr noch, Haß gegen ihre Mutter hinein. Die Alte sollte dafür büßen, daß sie die beiden getrennt hatte. Dieser Haß nahm ihnen bald jegliches Unrechtsbewußtsein – soweit sie überhaupt eines hatten – und ermöglichte das Verbrechen.

Herr Montag und Torsten Grün trafen sich also ab da des öfteren und schmiedeten ihre Pläne. Sie zeigten sich nie gemeinsam. Sie wollten kein Aufsehen erregen und sich die Doppelgänger-Option offenhalten.

Torsten Grün verschob erst einmal seine Abreise und quartierte sich in einer billigen Pension ein. Natürlich wußte seine Mutter davon nicht das geringste. Sie war der Meinung, ihr Sohn sei schon längst wieder nach Amerika zurückgekehrt. Daß sie nichts von ihm hörte, war normal, er rührte sich eigentlich nur, wenn er Geld brauchte. Es war auch unwahrscheinlich, daß Torsten Grün hier seiner Mutter begegnen würde, weil sie – das wißt ihr ja alle –

wenig aus unserem Stadtviertel hinauskam. Aber dennoch vermied er alles, was auffallen hätte können. Und wäre er trotzdem irgendwie in Schwierigkeiten geraten, hätte er sich auf Rüdiger Montag hinausreden können. Die beiden konnten sich hervorragend gegenseitig decken.

»Aber wie und wo liefen all diese Fäden zusammen?« fragte Jürgen Eller. »Und welche Rolle spielte zum Beispiel der Bauunternehmer, der sowohl die Planung als auch die Ausführung für das scheußliche Objekt hat – hatte, muß man wohl sagen. Aber nicht nur er, sondern auch die Marders waren doch irgendwie in das Verbrechen verwickelt.«

»Geduld, Geduld!« Olli hob beschwichtigend die Hände. »Die Fäden liefen allesamt im Stadtbauamt zusammen. Wie in vielen Bauämtern der Welt ist auch bei uns dort längst nicht alles zum besten bestellt. Gerade in der Abteilung, in der Herr Montag arbeitete, konnten die Bürger nur noch mit Schmiergeldern ihre Anträge durchbekommen. Das stellte sich jetzt heraus.«

»Aber doch nur solche Anträge, die den gängigen Bauvorschriften nicht entsprachen«, entgegnete Vater.

»Du bist ein unverbesserlicher Optimist, Max!« rief Mutter ärgerlich. »Du kennst doch die Geschichte von Herrn Fabers Anbau. Aber darüber haben wir ja schon hundertmal gesprochen! Als Torsten Grün bei Rüdiger Montag mit seinem Anliegen auftauchte, brauchte dieser erst gar nicht den Stadtplan zu befragen. Er wußte auch so, daß in unserer Gegend nur ein begrenztes Bauvolumen zugelassen ist, weil unser Wohngebiet von mehreren stark befahrenen Ausfallstraßen wie von einem Korsett umgeben ist und die Stadtverwaltung deshalb hier – sozusagen als Ausgleich – eine Art grüne Lunge erhalten wollte. Ich sage bewußt *wollte*.«

»Leuchtet ein«, sagte Daniel. »Doch dieser Aspekt dürfte weder Herrn Montag noch Torsten Grün besonders interessiert haben.«

»Natürlich nicht«, bestätigte Olli, »genausowenig wie Herrn Montags Vorgesetzten, der der Kopf der Bande und der Hauptdrahtzieher in dieser Korruptionsaffäre ist. Jedenfalls ging Herr Montag, gleich nachdem er seinen Zwillingsbruder kennengelernt hatte, zu seinem Vorgesetzten – nennen wir ihn mal Herrn X – und berichtete von einem bauwilligen Herrn – den Zwillingsbruder unterschlug er erst einmal –, der an einer größeren Geschoßflächenzahl in dieser unserer Gegend interessiert sei und einiges vom Verkaufspreis des Grundstücks für diese Gefälligkeit springen lassen würde. Diesem Deal war Herr X nicht abgeneigt. Die ganze Sache paßte sogar bestens in sein Konzept, denn – ja, und jetzt betritt der Bauunternehmer Y die Bühne –«

»Moment!« rief Jürgen Eller. »Das ist nun also derjenige, dessen sensible Mitarbeiter wir bereits beim Fällen der Bäume in Frau Grüns Garten erlebt haben und dem auch das Haus gehört, in dem die Marders wohnen?«

»Genau, der ist es. Der Bauunternehmer Y wartete schon geraume Zeit auf eine günstige Gelegenheit, um sein Grundstück in unserer Straße gewinnbringend bebauen zu können. Und nun bot sich die Gelegenheit gewissermaßen von selbst, weil –«

Anne fiel Olli ins Wort: »Das kapiere ich nicht. Warum braucht Herr Y Torsten Grün dazu, damit er sein Grundstück gewinnbringend bebauen kann? Er hatte doch seinen Abteilungsleiter-Freund, Herrn X, beim Stadtbauamt. Was will er denn noch mehr?«

»Ich kann mir schon vorstellen warum«, sagte Vater. »Dieser Bauunternehmer Y hatte wahrscheinlich schon mehrere Großprojekte – natürlich mit Billigung und Unterstützung des Bauamts – am geltenden Baurecht vorbei gebaut, so daß er sich eine Zeitlang eher ruhig verhalten wollte. Zu viele dieser krummen Geschichten mit immer der gleichen Firma wären vielleicht doch einmal aufgefallen.«

»Ja«, bestätigte Olli. »Deshalb warteten der Bauunternehmer Y und Herr X zuerst einmal auf einen absolut unverdächtigen Bauwilligen. Und da bot sich Frau Grün eben an.«

»Wieso denn Frau Grün?« stöhnte Jürgen Eller. »Irgendwie sitz ich heute wohl auf der Leitung.«

»Frau Grün war die willigste Bauherrin, die man sich vorstellen konnte, weil sie von ihrer Eingabe nicht das geringste ahnte. Sie wußte nichts von den bereits existierenden Bauplänen, die natürlich vom Planungsbüro der Baufirma Y angefertigt worden waren und aus denen eindeutig zu ersehen war, daß die Bauherrin, also Frau Grün, von ihrem geliebten Garten kein Hälmchen mehr übriglassen wollte.« Olli machte eine Pause.

»Aber selbstverständlich konnten diese Baupläne erst nach Frau Grüns Tod realisiert werden«, sagte Vater.

»Also mußte der Tod etwas beschleunigt werden.«

»Meint ihr wirklich, die Zwillinge planten den Mord an ihrer Mutter in allen Einzelheiten? Einen kaltblütigen Mord ohne Tatwaffe?« fragte Anne.

»Daran gibt es kaum etwas zu deuteln«, antwortete Olli. »Torsten wußte um den schlechten Gesundheitszustand seiner Mutter. Sie zu Tode zu erschrecken war ein vergleichsweise geringes Risiko. Ob Herzschlag durch Erschrecken dann allerdings als Mord gewertet wird, muß das Gericht entscheiden. Wie dem auch sei – alles lief zuerst einmal nach Plan. Bis Lucy auftauchte.«

»Halt, nicht so schnell«, sagte Jürgen Eller. »Die Marders sind in diesem Krimi ja noch gar nicht aufgetaucht. Und wie war denn das überhaupt mit den Bauplänen? Wie konnten die denn bearbeitet werden, ohne daß Frau Grün etwas davon erfuhr? Die Pläne waren doch bereits genehmigt, bevor sie starb.«

»Das wurde alles absolut professionell erledigt, ein fingierter Antrag gestellt und Frau Grüns Unterschrift gefälscht«, antwortete Olli. »Torsten kannte ja die Unterschrift seiner Mutter. Daß Frau Grün zufällig von diesen Machenschaften etwas erfahren würde, war schlechterdings unmöglich, denn kein Schreiben verließ das Ressort, ohne daß es zuerst einmal durch die Hände des Abteilungsleiters lief. Darüber hinaus hatte ja, wie vorhin schon gesagt, der Bauunternehmer Y sein eigenes Architekturbüro und Leute, die dichthielten.«

»Aber die Pläne waren doch genehmigt, bevor Frau Grün starb, deshalb –« fing Anne nochmals an.

»Aber das haben wir doch alles schon durchgekaut«, unterbrach Olli sie ungeduldig.

»Du brauchst mich nicht anzufahren«, beschwerte sich Anne. »Ich wollte eigentlich nur wissen, wie das mit den Nachbarn gelaufen ist. Normalerweise müssen die doch unterschreiben und sich mit dem Bauplan einverstanden erklären.«

»Tut mir leid, Anne. Du hast natürlich recht«, sagte Olli. »Aber in diesem Fall war mit Klagen von direkten Nachbarn nicht zu rechnen. Auf der einen Seite stößt Frau Grüns Garten an das Grundstück der Marders bzw. des Bauunternehmers Y, auf der anderen Seite führt eine kleine Straße zu einem Hammergrundstück weiter hinten, und an der Südseite grenzt Frau Grüns Garten an den des kinderlosen Ehepaars Baumann, die das halbe Jahr im

Ausland leben. Ganz abgesehen davon hat Herr X, wie ich hörte, einflußreiche Freunde bei der Regierung und bei Gericht. Hätte es wider Erwarten Schwierigkeiten gegeben oder jemand Lust zum Prozessieren verspürt, er hätte null Chancen gehabt.«

Niemand sagte ein Wort, aber es war kein schönes Schweigen. Ein scheußliches Gefühl der Ohnmacht machte sich breit.

»Nun, die Rechnung wäre auch fast aufgegangen.« Olli wirkte müde und resigniert.

»Olli, die Rechnung *wird* aufgehen«, sagte Anne. »Der Bauplan wird vielleicht etwas verändert werden, aber nur unwesentlich. Die Bäume werden gefällt werden. Der verdichteten Bebauung – also Wohnklotz rein, Grün raus – ist damit auch in unserem Stadtbezirk Tür und Tor geöffnet. Einmal groß gebaut, ob zu Unrecht oder nicht, ist immer groß gebaut.«

»Das alles klingt nicht gerade erfreulich.« Auch Vaters Stimme war traurig. »Übrigens ist in diesem Zusammenhang interessant, daß vor allem diejenigen Stadträte, die für besonders verdichtete Bebauung eintreten, samt und sonders ihre Häuser weit draußen im Grünen haben. Während des Wahlkampfs gab es darüber einen Bericht. Damals hielt ich ihn für übertrieben. Heute sehe ich das anders.«

Mutter betrachtete Vater verblüfft. »Da wunderst du dich, was?« sagte er. »Ich wundere mich selbst. Ich wollte einfach die Realität nicht sehen. Die ist auch verdammt bitter.«

»Max, deine positive Lebenseinstellung wird mir fehlen«, erklärte Mutter, »obgleich ich sie immer bekämpft habe.« Sie lächelte Vater an.

Wieder schwiegen wir alle. Diesmal war das Schweigen

anders, freundlicher. Worüber die anderen nachsannen und was sie sich überlegten, weiß ich nicht. Ich jedenfalls dachte an Frau Grün. Ich sah sie direkt vor mir, wie sie mit einem Korb am Arm durch ihren Garten ging. Sie bückte sich und sammelte das Fallobst auf, sie betrachtete ihre Blumen, zupfte da und dort die welken Blüten ab. So deutlich sah ich sie vor mir und so intensiv spürte ich, wie sehr sie ihren Garten geliebt haben mußte, daß ich ein Schluchzen nicht unterdrücken konnte.

»Lucy, dir wird das alles zu viel.« Mutter sah mir besorgt ins Gesicht. »Ich finde, wir sollten langsam aufhören. Wie du das alles durchhältst, ist mir sowieso ein Rätsel.«

»Nein, ich möchte, daß wir die Geschichte jetzt noch zu Ende bringen«, sagte ich.

»Könnten wir nicht wenigstens vorher eine kurze Pause einlegen?« schlug Daniel vor.

Alle bis auf Vater standen auf und reckten sich. Die Fenster wurden aufgerissen. Olli und Anne gingen nach oben, um neuen Käsegebäck-Nachschub zu holen, Isabelle gesellte sich zu Uta und Jürgen Eller, Daniel und ich vertraten uns die Füße vor dem Haus.

»Ich bin so froh, daß dir nichts passiert ist, Lucy. Und *wie* gern ich dich habe, wußte ich erst, als du so verzweifelt im Treppenhaus gerufen hast und ich dir nicht helfen konnte.«

»Mir ging es genauso, als du mit dem Typen auf dem Treppenabsatz gerungen hast. Leid tut mir nur, daß ich nicht auch dem anderen Zwilling einen Blumentopf auf den Kopf habe werfen können!«

Daniel lachte. »Lucy, du wirst wieder«, sagte er.

17

»Jetzt, wo wir wieder alle beieinander sind, möchte ich gern noch wissen, welche Rolle die Marders bei der ganzen Sache gespielt haben.« Jürgen Eller sah fragend von Mutter zu Olli.

»Marders sind alte Freunde des Bauunternehmers Y«, erklärte Mutter. »Sie sollten für ihn erst einmal in aller Ruhe die Gegend observieren, in der viele alte Leute in kleinen Häuschen mit großen Gärten leben. Ein Eldorado für Bauhaie! Darüber hinaus sollten sie noch die störenden Bäume sowohl in Frau Grüns Garten als auch in ihrem eigenen – das heißt in dem des Bauunternehmers Y – ganz unauffällig eliminieren, sei es mit Unkraut-Ex oder – wie neulich geschehen – einfach mit der Säge bei Nacht und Nebel.«

»Und sobald dann der Mammutbau in Frau Grüns Garten fertiggewesen wäre, wollte Herr Y auf seinem Grundstück eine ähnliche Wohnanlage hochziehen lassen«, fügte Olli hinzu.

»Das wird auch geschehen, sobald sich die Wogen geglättet haben«, meinte Anne. »Denn den Präzedenzfall gibt es ja.«

»Präzedenzfall? Was ist denn das?« fragte ich.

»Sozusagen ein Musterfall, der für zukünftige ähnliche Situationen richtungweisend ist«, erklärte Isabelle.

»Wow, Isabelle!« Ich war beeindruckt.

»Wissen Sie eigentlich«, Daniel wandte sich an Jürgen Eller, »daß Lucy und ich zufällig Zeugen davon geworden sind, wie Marders Wurzeln der alten Bäume in Frau Grüns Garten mit Gift begossen haben? Daß es die beiden waren, steht jetzt ja wohl fest.«

»So langsam werden die Zusammenhänge klar. Aber was mich immer noch wundert –«

»– wie es die beiden Brüder so hervorragend geschafft haben, sich gegenseitig zu decken. Das wollten Sie doch sagen.«

»Sie haben es erfaßt, Herr Eller.« Uta nickte bekräftigend.

»Das war nicht schwierig«, erklärte Mutter. »Torsten Grün kaufte sich die gleichen Klamotten wie sein Bruder, der brav und fromm an seinem Schreibtisch saß. Seine Kollegen konnten es bezeugen. Wenn Lucy glaubte, ihn trotzdem an allen möglichen anderen Plätzen gesehen zu haben, so war das ihr Problem. Tatsächlich war Herr Montag weder der Herr im Leihwagen noch der Kamikaze-Fahrer am Zebrastreifen noch der Mann, der Lucy im Haus verfolgte. Aber er war derjenige, der seine Mutter umbrachte, und der, den Lucy sowohl in Frau Grüns Garten als auch auf dem Kirschbaum und vor Marders Haustür gesehen hat.«

»Übrigens hielt Herr Montag Rose in der Nacht, als sie bei Frau Grün übernachtete, für Lucy«, fuhr Olli fort. »Ihr beide habt die gleiche Haarfarbe und seid vom Typ her ähnlich. Deshalb wurde auch nur Lucy verfolgt. Rüdiger Montag war davon überzeugt, daß Lucy trotz Dunkelheit sein Gesicht erkannt hat. Und nachdem sie immer wieder im unpassendsten Moment aufkreuzte, nahm er ganz richtig an, daß auch sie es war, die Marders bei ihrer Giftaktion beobachtet hatte.«

»Diese Ganoven hielten uns in unserem alten Schuppen zuerst einmal für harmlose und einfältige Menschen.« Anne betrachtete sinnend das Käsegebäck in ihrer Hand, dann biß sie kräftig hinein. »Aber dann merkten sie, daß wir so harmlos nicht sind und mehr über sie herausbekommen hatten, als ihnen lieb war, und daß wir nicht die Absicht hatten, zu allem ja und amen zu sagen.«

»Bei seiner Vernehmung gab Torsten Grün an, daß er und sein Bruder Lucy zuerst nur total verwirren und einschüchtern wollten«, berichtete Mutter weiter. »Familie und Freunde sollten Lucy langsam für völlig hysterisch halten. Und das ist den beiden Halunken ja fast geglückt. Lucy sah überall und immerzu Herrn Montag und fühlte sich von ihm verfolgt. Und wo war Herr Montag wirklich? Nicht, wie Lucy dachte, auf Verfolgungsjagd, sondern entweder in seinem Büro oder aber mit Freunden unterwegs. Er machte nichts allein, immer hatte er ein hieb- und stichfestes Alibi.«

»Und weiß man nun eigentlich ganz genau, was in der Nacht wirklich geschah, als Frau Grün starb?« fragte Jürgen Eller.

»Jedenfalls weiß man soviel, daß Rüdiger Montag in der fraglichen Nacht zu seiner Mutter ging. Das hat er zugegeben, nicht aber, daß er sie umbringen wollte.«

»Und warum hat Rüdiger Montag diesen unangenehmen Teil des Komplotts übernommen?« fragte Daniel.

»Einfach deshalb, weil der Verdacht – sollte einer auftauchen – zuerst auf Torsten Grün als Erben gefallen wäre«, erläuterte Olli. »Er hatte ein Motiv, aber für die fragliche Zeit ein durch nichts zu erschütterndes Alibi. Torsten Grün, alias Thomas Green, saß bzw. lag in der Nacht, in der seine Mutter starb, in der Ambulanz einer Klinik. Er hatte eine Ohnmacht simuliert, und man behielt ihn deshalb zur Beobachtung da – und er wurde beobachtet, er hätte sich nicht von der Stelle rühren können. Und daß er sich ohne Wissen seiner Mutter in der Stadt aufhielt – warum nicht? Er war ihr schließlich keine Rechenschaft schuldig.«

»Aber es war Torsten Grün, der versucht hat, Lucy mitsamt dem Haus anzuzünden, nicht wahr?« Jürgen Eller sah mich an.

»Klar war das Torsten, denn er sagte ja auch zu mir: Nein, mein Schätzchen, der, für den du mich hältst, bin ich nicht –« Die Erinnerung an diese Szene sprang mich richtig an und beutelte mich.

Anne sprang auf. »Leute!« rief sie fröhlich. »Schluß mit diesem Sumpf. Jetzt kommt noch was Erfreuliches! Erhebt euch und stoßt mit mir auf unseren Dachboden an, der nächste Woche geräumt sein wird. Olli und ich haben uns wieder eine Scheune gemietet, und unser Zeug wird dort untergestellt. Wenn da draußen etwas brennen sollte, so trifft es höchstens eine Maus, und die könnte sich noch rechtzeitig retten.«

»Dann müssen Isabelle und ich jetzt immer zu der angemieteten Scheune fahren, wenn wir etwas brauchen«, beschwerte ich mich.

»So ist es.« Anne nickte.

Und dann ging das Licht aus.

»Pummel ist am Werk«, sagte Vater zärtlich. »Pummelchen, Lucys Lebensretter.«

»Lebensretter nicht ganz«, widersprach ich. »Das waren Isabelle und Daniel.«

»Immerhin hat der Hamster es dunkel werden lassen«, beharrte er.

»Da werden wir uns die Nacht um die Ohren schlagen müssen«, meinte Mutter friedlich. »Bis wir *den* wieder haben.«

»Wir helfen euch natürlich suchen«, sagte Uta aus der Finsternis heraus. »Max mit Gipsbein fällt sowieso aus.«

»Ist nicht nötig.« Mutter schüttelte den Kopf. »Wir sind in dieser Hinsicht Profis.«

128

»Wenn ihr mich also wirklich nicht braucht, danke ich für die grausigen Details und entschwinde.«

»Ich schließe mich dem Dank an.« Auch Jürgen Eller verabschiedete sich.

»Vorsicht, Stufe!« rief ihnen Mutter hinterher, und Vater erinnerte beide an die nichtvorhandene Schwelle.

Auch Anne ging. Wir hörten sie langsam und bedächtig im Treppenhaus die Stufen hinaufgehen, die noch immer mit Blumentöpfen vollgestellt waren. In der Hektik der letzten Woche hatte sie niemand in den Garten getragen, obwohl die Eisheiligen – oder war es die Schafskälte? – längst wieder vorbei waren.

»Ich hol uns Licht.« Mit zwei brennenden Kerzen kam Mutter zurück. Schön war es bei uns, fand ich. Das Licht gab den vielen Pflanzen, die im Zimmer standen, so etwas Friedlich-Geheimnisvolles.

Irgendwo hörten wir Pummel leise nagen. Unsere verrückte Katze kam ins Zimmer, drehte ein paar Runden und sprang mir auf den Bauch. Daniel streichelte noch immer meine Füße. Isabelle gähnte und dehnte sich: »Der Alptraum ist vorbei, der Traum beginnt«, meinte sie. »Ich muß ins Bett. Ich bin todmüde.«

Daniel erhob sich ebenfalls. »Bis morgen«, sagte er und lachte mich an. Und ich freute mich schon wieder auf den nächsten Tag.

18

Manches hat sich seit Frau Grüns Tod für Isabelle und mich geändert, das heißt, wir haben uns verändert, sind erwachsener geworden. Vorbei war von einem Tag auf den anderen das Briefeschreiben und Körbchenschicken von Haus zu Haus oder das Über-den-Zaun-Schreien, wenn eine der anderen was erzählen wollte. Obwohl wir damals, als die Sache mit Frau Grün passierte, keine Kinder mehr waren, hatten wir doch manches aus unserer Kinderzeit ins sogenannte Jugendalter hinübergerettet.

Wir sind ernster geworden. Das klingt hochtrabend, aber ich glaube, es ist trotzdem das richtige Wort.

Kurz nach dem Dachbodenerlebnis hat sich Isabelle von Markus getrennt. Als sie mir das erzählte, muß ich sie so perplex angesehen haben, daß sie erklärend hinzufügte: »Es reicht einfach nicht, nur zusammen die Freizeit zu planen. Wenn ich mit jemandem befreundet bin, möchte ich, daß er mit mir am gleichen Strang zieht. Ich weiß, alle sind erstaunt über meine Entscheidung. Aber es ist nun mal so.«

»Vielleicht ist es ja nur eine vorübergehende Krise«, sagte ich.

»Nein, es ist etwas Grundsätzliches. Und das ist auch das Problem. Seit er den Führerschein hat, ist er unerträglich. Erst da habe ich so richtig mitgekriegt, wie unterschiedlich unsere Ziele sind –«

Irgendwie kapierte ich gar nichts mehr. »Welche Ziele denn?« fragte ich.

»Vielleicht würde dir das alles gar nicht so auf den Geist gehen. Auf jeden Fall hat sich Markus an seinem Geburtstag den Führerschein abgeholt. Seit er den hat, könnte man meinen, seine Beine seien amputiert worden. Er geht keinen Schritt mehr zu Fuß. Zum Geburtstag hat er auch gleich ein Auto bekommen. Das ist doch der totale Schwachsinn!«

»Na und? Solange du zu Fuß gehen kannst, braucht dich das doch nicht zu stören.«

»Doch, es stört mich. Und es ist auch nicht das Autofahren allein, sondern sein völliges Desinteresse an ökologischen und sonstigen Zusammenhängen. Es ist ihm einfach alles egal. Und das macht mich fertig.«

»Wenn Frau Grüns Garten nicht gewesen wäre –«

»Du hast recht. Durch diese Geschichte bin ich erst richtig zum Nachdenken gekommen. Und ich mag einfach nicht mehr nur zuschauen, wie alles den Bach runtergeht, ich muß etwas dagegen tun. Wie, das weiß ich noch nicht, aber daß ich mich einsetze, das weiß ich sicher.«

Daniel ging es ziemlich nahe, daß Isabelle nicht mehr mit Markus zusammen war. Die beiden kannten sich ja ewig lang und verstanden sich gut.

»Isabelle, du hast die falschen Konsequenzen gezogen«, warf er ihr vor. »Du stellst Markus in die Ecke der Autofetischisten, anstatt ihn langsam zu überzeugen, daß dein Weg der bessere ist. So machst du ihn nie zu einem Umweltschützer, im Gegenteil. Aus Frust wird er genau zu dem, gegen das du ankämpfst: zum Umweltrowdy. Das schwör ich dir.«

Isabelle ließ sich Daniels Worte durch den Kopf gehen. »Vielleicht hast du ja recht«, antwortete sie nachdenklich, »aber ich wüßte echt nicht, wie Markus und ich die Sache wieder auf die Reihe bringen können – nach dem Krach, den wir hatten.«

»Wir könnten doch am Samstag zu viert eine Radtour

machen«, schlug er vor. »Da könntet ihr zwei in Ruhe nochmals über alles reden. Wenn ihr wollt, geben Lucy und ich auch noch unseren Senf dazu.«

»Wart mal ab, wahrscheinlich will Markus gar nicht mitradeln, jetzt, wo er sein Auto hat«, sagte Isabelle. »Es sei denn, du motzt diese Radfahrt als hochleistungssportliches Ereignis auf.«

»Gut, dann mache ich das eben.« Daniel klopfte seiner Schwester freundschaftlich auf den Rücken. »Isabelle, man kann die Menschen ja auch ein bißchen locken – so wie ich Lucy gelockt habe.« Daniel grinste mich an. »Sie war mindestens so gegen mich wie Markus gegen das Radfahren.«

»Ich finde auch, daß man Markus seine Einstellung gar nicht vorwerfen kann«, sagte ich. »Er hat einfach die von seinen Eltern übernommen.«

»Blödsinn«, entgegnete Isabelle unerbittlich. »Wenn jemand achtzehn Jahre alt ist, kann er auch eigene Ansichten entwickeln, und wenn jemand alt genug ist, mit einem Fahrzeug durch die Welt zu rasen, ist er auch alt genug, darüber nachzudenken, was er damit anrichtet.«

Daniel berichtete, er habe Markus gar nicht großartig locken müssen. Er trauere nach wie vor um Isabelle und könne einfach nicht verstehen, warum sie sich so verändert habe, klagte er. Früher sei sie so lustig und gut gelaunt gewesen, und alles, was er tat oder auch nicht tat, hätte sie gut gefunden. Und jetzt? Ein Problem jage das andere. Noch vor ein paar Monaten hätte sie sich höchst vergnügt hinten draufgesetzt, wenn er sie mit dem Mofa abgeholt habe. Aber neulich hatte sie doch glatt zu ihm gesagt, das Auspuffmiezendasein ginge ihr total auf den Geist. Und abends, sagte Markus, hätte Isabelle null Zeit mehr für ihn, weil sie andauernd zu irgendwelchen Umweltgruppen ginge und ihn überhaupt nur noch als Trottel hinstelle, vor allem deshalb, weil er jetzt Auto fahre. Solle er seinen Wagen wegwerfen, nur weil es Isabelle nicht passe? Nein, soweit ginge seine Liebe nun auch wieder nicht. Und trotzdem – Isabelle sei für ihn einfach das A und O. Warum könne es nicht wieder so schön wie früher werden?

Die ganzen Unstimmigkeiten hätten sich an diesem bescheuerten Garten von Frau Grün entzündet. Sei das vielleicht seine Schuld? Und überhaupt müsse gebaut werden, Isabelle vernachlässige völlig den volkswirtschaftlichen Aspekt der Angelegenheit und so weiter und so fort. Klar sei das schrecklich gewesen, was mir, Daniel und Isabelle passiert sei, aber das müsse man doch völlig abkoppeln von all dem andern. Das seien zwei Verbrecher gewesen, aber unsere Aufregung wegen der Bauerei an sich könne er nicht verstehen, und Bestechung sei an der Tagesordnung und ganz normal. Anders liefen halt die Geschäfte nicht.

Markus' Tirade machte mich skeptisch. »Er sucht die Schuld nur bei Isabelle«, sagte ich. »Es wäre nicht zu einem solchen Riesenkrach gekommen, wenn Markus nicht dermaßen stur wäre. Wie ein Stammtischbruder. Wenn er wenigstens richtig zuhören würde! Aber er will die Argumente der anderen erst gar nicht kennenlernen. Und das macht Isabelle rasend! Wenn er sie wirklich so heiß liebt, wie er sagt, warum lenkt er dann nicht ein und erscheint wenigstens ab und zu mit dem Fahrrad, um seinen guten Willen zu demonstrieren? Grad zum Trotz muß er pausenlos mit seinem Auto durch die Gegend gurken.«

Die Radtour wurde dann aber wider Erwarten richtig schön. Wir hatten gutes Wetter mit einem angenehmen Wind, der freundlicherweise immer von hinten kam. Zuerst fuhren wir durch Torfenwein, wo noch eine Storchenfamilie residierte. Dann ging es hinein in einen lichten Wald. Heidekraut wuchs auf weißem Sand. Später ließen wir uns an einem Weiher nieder, der malerisch zwischen hellen Birken lag. Dort breiteten wir unsere Decken aus und machten ein ausgiebiges Picknick und anschließend Siesta.

Meinen Kopf hatte ich auf Daniels Arm gelegt. Über mir segelten die Wolken über den blauen Himmel. Und wenn Isabelle Markus nicht gefragt hätte, ob das Leben ohne Abgase nicht viel angenehmer wäre, hätte ich geglaubt, bereits im Paradies zu sein.

»Mein Gott, Isabelle, klar ist es ohne Abgase schöner«, brummte Markus schläfrig. »Aber wir leben nun mal in dieser Welt und müssen sie akzeptieren. Du siehst auch nur die negativen Seiten des Verkehrs, aber die positiven —«

»Es gibt keine positiven«, widersprach Isabelle.

»Zumindest was den Individualverkehr anbelangt.«

»So einseitig kann man es auch wieder nicht sehen«, versuchte Daniel das Gespräch zu entschärfen. »Und es bringt ja auch gar nichts, sich nur über den Verkehr aufzuregen, ohne sich Alternativen zu überlegen. Nicht der Verkehr an sich ist böse, sondern wie damit umgegangen wird.«

»Klar, das ist auch meine Meinung. Aber Alternativen gäbe es ja: öffentliche Verkehrsmittel ausbauen, Mineralölsteuer drastisch erhöhen und von diesen Einnahmen Umweltschäden beheben – und so weiter. Aber es wird ja nichts getan. Im Gegenteil! Aber lassen wir das. Jedenfalls habe ich mich entschlossen, keinen Führerschein zu machen.«

»Und du?« Markus boxte Daniel freundschaftlich in die Seite.

»Sicher werde ich ihn machen«, sagte Daniel. »Schon allein deswegen, um mit Lucy spazierenfahren zu können.«

»Ihr zwei«, Isabelle betrachtete Daniel und mich, »ihr seht so richtig glücklich und zufrieden aus.« So, wie sie es sagte, klang es fast ein bißchen traurig, aber gar nicht mehr aggressiv wie einige Tage zuvor, als sie gemeint hatte, Händchenhalten, so wie wir es täten, sei ihr einfach zu wenig.

Isabelle findet vor allem Daniel träge und bequem. Er widerspricht ihr jedoch immer und sagt, jeder Mensch könne nur für sich selbst entscheiden, wo und wie er sich einbringe. Daniel ist da meinem Vater ziemlich ähnlich. Der hätte früher auch so argumentiert. Isabelle kann diese Haltung schlecht akzeptieren. Sie ist eine Kämpfernatur. Wie meine Mutter. Was ich bin oder besser, was ich sein werde, weiß ich noch nicht. Ich brauche noch Zeit.

Die Radtour endete so schön, wie sie angefangen hatte. Es war dunkel, als wir heimfuhren. Daniel legte beim Fahren immer wieder seine warme Hand auf meinen Rücken und schob mich ein bißchen.

Isabelle und Markus radelten voraus und unterhielten sich lebhaft. Ihr Streit schien zumindest fürs erste beigelegt zu sein.

Apropos Streit: Meinen Eltern, Anne und Olli geht es gut miteinander. Sie haben wieder an alte Traditionen angeknüpft und sich einer Bürgerinitiative angeschlossen, die gegen einen Autobahnzubringer kämpft. Diese Mammutstraße soll durch ein Landschaftsschutzgebiet führen, durch fast unberührtes Heideland. Dieses Projekt ist das Prestigeobjekt eines Ministers, dessen Bruder eine Hoch- und Tiefbau-Firma hat. So paßt mal wieder alles zusammen.

Nachwort

In unserem Stadtbezirk wüten die Bauhaie. Kleine Häuser werden abgerissen und gewaltige Klötze hingesetzt.

Die erste Singleburg uns gegenüber ist fertig, die zweite im Bau. Die Baupläne hat man nur geringfügig geändert. Es wurde lediglich eine andere Firma mit der Ausführung beauftragt. Da, wo früher Bäume waren, Vögel flogen, Eichhörnchen von Ast zu Ast sprangen und Igel durchs alte Laub spazierten, kümmern jetzt Zierrasen und exotische Ministräucher vor sich hin.

Torsten Grün und Herrn Montag hat man den Mord an ihrer Mutter nicht nachweisen können. Trotzdem sind die beiden zu hohen Haftstrafen verurteilt worden.

Der Prozeß hat viel Staub aufgewirbelt. Olli meint zwar, wenn sich der Staub wieder gelegt habe, gehe alles so weiter wie bisher. Die Korruption in unserem Land hätte fast alle Bereiche erfaßt.

»Wie eine Hydra mit sieben Köpfen«, sagte Mutter. »Schlägt man ihr einen Kopf ab, wachsen sieben neue nach.«

Für Marders und den Bauunternehmer hatte die ganze Sache wenig Konsequenzen. Sie mußten einiges Geld berappen, aber das war's dann auch schon. Mein Vater war über das Urteil entsetzt, aber meine Mutter meinte, es gebe gerade bei uns viele Politiker, die den Bürgern genau das vorlebten – Geldgier, Lüge, Korruption. Die Richter könnten deshalb gar nicht anders entscheiden.

»Aber sie entscheiden doch oft anders«, beharrte Vater. »Bei jedem kleinen Ganoven gibt's harte Strafen.«

»Ja bei den *kleinen* Ganoven. Das ist etwas ganz anderes«, sagte Mutter gedehnt.

Uta und Jürgen Eller sind inzwischen eng befreundet. Vielleicht zieht er ja mit seinen Kindern eines Tages in unsere Nähe. Mein Vater meinte neulich, wir müßten uns mit guten Freunden umgeben, jetzt, wo es in Deutschland immer kälter wird. Und das tun wir auch.

Übersetzung des Gedichtes »Sie wohnte, wo der Quell ertönt« von William Wordsworth von Seite 35:

Sie wohnte, wo der Quell ertönt
In unbetretner Flur,
Ein Kind, von keinem noch verwöhnt,
Geliebt von wenigen nur.

Ein Veilchen zwischen Moos und Stein,
Das kaum wer sieht und kennt.
Schön wie ein Stern, wenn er allein
Erglänzt am Firmament.

So lebte sie; wer wußte so,
Daß Lucy nicht mehr ist?
Sie ist im Grab; wie wird sie, o
Wie sehr, von mir vermißt!

Aus: Lyrik des Abendlands. Deutsch von Hans Hennecke, © 1978/1963 by Carl Hanser Verlag, München–Wien.

Dirk Walbrecker

Miriam
und der Mann
mit dem Windvogel

Miriam ist traurig und wütend. Ihre Eltern haben
kaum Zeit für sie, weil Geld und Karriere
wichtiger sind, und jetzt wollen sie ihre Tochter
auch noch ins Internat stecken. Miriam
beschließt abzuhauen, aber sie kommt nicht
weit – denn sie begegnet dem Mann mit dem
Windvogel. Und dann ist Miriam verschwunden.
Wer ist dieser Mann?
Hat er Miriam entführt?

144 Seiten

UEBERREUTER

Friederun Reichenstetter

Ein turbulenter Sommer

Für Lilli geht ein sehnlicher Wunsch in Erfüllung.
Zwei Wochen wird sie mit anderen jungen Leuten
auf einem Isländer-Gestüt in den Bergen verbringen.
Als Lilli auf dem Reiterhof ankommt, wird sie von den
anderen herzlich aufgenommen. Nur Katja und Chris,
mit denen sie das Zimmer teilen soll, stehen ihr
feindselig gegenüber. Denn Katja ist in Max verliebt.
Und der hat plötzlich nur mehr Augen für Lilli. Es
werden zwei turbulente Wochen, in denen Lilli neue
Freundschaften schließt und auch die Natur mit
anderen Augen sehen lernt.

144 Seiten

UEBERREUTER

Friederun Reichenstetter

Ein Pferd
für Lucy

Lucys großer Wunsch hat sich erfüllt. Sie besitzt
ein eigenes Pferd. Jeden Tag fährt sie nun zu dem
Reiterhof, wo sie ihren Gipsy untergebracht hat. Bereits
bei ihrem ersten Turnier erhält sie den zweiten Preis.
Als dann auch noch Lorenz auf den Hof kommt,
scheint Lucys Glück vollkommen. Der junge
Springreiter trainiert mit ihr. Er meint, daß sie mit
Gipsy härter arbeiten müsse, wenn sie als Reiterin
weiterkommen wolle. Sie wird ungeduldig und streng
zu Gipsy und setzt damit die gute Beziehung zu ihrem
Pferd aufs Spiel. Bei einem Reitausflug mit Lorenz
kommt es zu einem folgenschweren Unfall. Im
Krankenhaus erkennt Lucy ihren Fehler. Wenn sie
gesund ist, will sie versuchen, das Vertrauen ihres
Pferdes wiederzugewinnen.

144 Seiten

UEBERREUTER